한국 희곡 명작선 112

농담

한국 희곡 명작선 112

농담

정영욱

평민사

정영욱

농
담

어쩌면 신은, 인간들이 내뱉는 농담처럼
책임지지 않겠다는 의지로
세상을 빚었는지도 모를 일이다

등장인물

칼멘
이씨
상수
박씨
남자
사내
부인
매라 불리는
난이라 불리는
국이라 불리는
여자
오창강
사복경찰1
사복경찰2

때

어느 혹한이 오기 직전의 겨울

곳

때때로 투견꾼들이 남모르게 모이는 후미진 도시의 끝

1. 칼멘의 말은 거의 알아들을 수 없어서 외국어처럼 남한 표준말로 번역해서 자막으로 활용해 주시기를
2. 개 짖는 소리는 알아들을 수 없는 사람들의 말싸움 소리를 강약 조절하여 대체해도 좋을 듯

인간들의 무대는 텅 비어 있고, 그저 들어왔다 나가는 인물들이 잠시잠깐 공간을 채우고 비우길 바랄 뿐이다.
(덩그러니 놓인 투견들의 싸움터, 녹이 배어들고 있다)

들어가기 전에

시공간이 달라도 인간의 처연함은 다르지 않듯

0.   아무도 혹은 누구도 살 것 같지 않은
       비어있는 것이 어울릴 만한 작은 도시의 끝인지 모를
       숨어야 살아갈 수 있는 사람들이 있고
       숨겨야 살아갈 수 있는 사람들이 있는
       맨흙이 드러나 원초적인 땅의 맨얼굴 사이로

       한 사내가 바닥이 거친 흙 둔덕을 올라간다.
       두터운 등을 가진 그는 왼쪽 다리를 띄지 않을 만큼만
       절면서 우는지 웃는지 알 수 없는 어깨를 들썩이는
       그의 맨 끝을 세운 나무 그 나이테만큼 한 손을 짚고
       돌다가 미리 세어본 적 없는 시간을 벗어
       그는 보란 듯이 시작을 들킨 듯이 걸어둔다.

       세상은 미래의 그를 응시하기 시작했다.

0.   흙 둔덕의 반대편으로 칼멘이 오른다.
       작은 새처럼 재빠르게 혹은 두 발을 재면서 올라간다.
       무언가를 잊고 온 듯이 뒤를 돌아보다가 다시 올라간다.

꼭대기 나무 한 그루 옆에 기다란 철사를 묶어놓는다.
철사 너머 그녀가 살았을지도 모를 곳으로 넣어두는 시선
사내의 끝과 마주치지 않고 살짝 비켜선 채
철사 위에 황태들을 하나하나 매어 단다.

세상은 과거의 그녀를 응시하기 시작했다.

0. 뽕양한 양달이 놓여있는 벽 아래에
바랜 신문지마다 얹어놓은 누군가의 막돌
싸움터인 듯 보이는 철로 만든 울타리 안을
서로의 어깨를 짚고 한 방향으로 아주 천천히
돌고 있는 매난국 세 남자들
햇빛을 쏘아보는 자도 발이 딛는 땅만 보는 자도
돌고 있다는 사실에서 벗어나지 못한다.

세상은 사라진 그들의 이름으로부터 꾸려지기 시작했다.

0. 벗어나기 위해서

어둠이 머리 위에 한가득이다.
남자가 시동을 걸자 차가 움직이려다 멈춘다.

상수 (애절하게) 형이 그랬잖아. 형의 눈빛이 그랬다고. 암묵적 동

의라고 한다면서? 말하지 않아도 알 수 있는 거라면서… 담벼락에 세워 둔 덤프트럭 기억나지 형? 그날 형이 그랬 잖아. 내 귀에 바짝 대고… 당장 저 새끼 죽으라고 빌까? 형. 우리가 빌면 죽어?… 죽으라고 빌면… 죽어.

남자 차가 왜 이러지… (나직이 혼자 말한다) 씨… 이 상황 대개 상 투적이네. 벗어나는 게 목적인 새끼들이 항상 이러지.

상수 (들릴까 말까한 목소리지만 절실하다) 형이 시킨 거지? 형의 뜻 이지? 약해 빠져서 떠드는 거라고? 이제 와서 딴소리 하 지 마.

남자 시동은 안 걸리고… 옆에 탄 새끼는 기도인지 독백인지… 도통… 여하튼 참 절묘한 밤이다. 끝났어?

상수 형… 형이 몰던 이 차는 왜 번호판이 없지?

남자 번호판이 왜… (들킨 걸 감추느라) 난 개들만 실어 날라. 싸울 놈들 말이야. 여기서 죽은 개들을 내다 팔기도 하고…

상수 … 뭘 실어 나르는지도 모르고 움직이지.

남자 (혼잣말처럼) 이 새끼 끝까지… 이 씨발 새끼야. 좀 가라. 좀 가자.

상수 … 아저씨… 원자 알아요? 수많은 원자들끼리 부딪히 고 깨지고 튕겨져 나가고… 뭐 그 원자요. 쪼개지고 있 어요. 아저씨도, 깊은 밤에 나를 만나… 뜬금없겠어요. 불쑥 끼어든 사람… 생각 없이 움직이는 사물들을 조 심하랬거든요.

남자 어찌 되었든… 어서 출발하기나 하자.

상수	형을 만나야 돼요. 원래는 형이랑 출발할 계획이었는데.
남자	… 시동은 안 걸리고… 제자리에서 씨발.
상수	깊은 밤에 나를 만나… 아저씨도 뜬금없겠어요. 이 밤에 끼어든 저 때문에… 어떤 일을 만나게 될지 상상이 안 가시겠지만, 어찌 되었든… 누군가 끼어들면 다른 누군가는 쪼개져야 할지도 모르니까…
남자	어찌 되었든… 어서 출발하기나 하자.
상수	… 실종신고는 어디다 해요?

저승사자처럼 멈춘 두 사람.

경찰2가 급히 달려오다 이들을 발견한다.

경찰2	이거 무슨 일이야. 막, 다 어디 갔어. 귀신들처럼 흘러 다닌대서 놔뒀더니. 개싸움이 아직 하루 더 안 남았나… 남았는데. 이렇게 막, 상투적으로 끝장을 내면 날더러 어떡하라는 거야? 개무덤이 따로 없네. 그러니 규칙이란 것도 찾을 수 없고. 누가 설명을 해봐. 이것들이 뭘 알 리도 없고. 저쪽은 완전히 개무덤이던데.

상수, 철창에 기대어 선 칼멘을 발견한다.

상수	아줌마… 왜 이렇게 조용해요? 세상이 막, 새로… 시작하려고 이럴까요? 참 이상해요. 아줌마… 내 머릿속에는 뭐

가 들었을까요?

칼멘   (빈 하늘을 올려다본다)

멀리서 트럭에 실린 개들이 다가오고 있다.

이미 없는 사람들이 투견들에 포위당한 새벽.

1. 던질 投 하찮을 犬

〈어둠속에서〉

트럭들이 들어오는 소리와 불빛.
겁나게 짖어대는 개들.

세 마리의 개를 양 손에 쥔 칼멘은
길길이 날뛰는 이 짐승들 때문에
혼이 사방으로 달아나고 있다.

(칼멘이 하는 말은 들리지 않을 것이다.
말이라는 걸 하고 있는데도)

무지막지한 불빛이 칼멘의 눈앞을 막아서고
세 마리의 개 때문에 이리 저리 쏠리는 칼멘.

칼멘　왜 기니? 재꾸 길지 말라. 눈이 시굴다야. 도시나 야기나
달른 기 읎이 똑겉다니까니. 이놈으 시끼… 게우 이릉 쌈
터에 올라 태어났네. 강생이덜이나 싸람덜이나 혼을 쏙
뺀다이. 니놈덜을 길루 갲다 줘야 된데. 재꾸 떼밀지 말라.

그런까이 나도 강생이치르미… 즘생치르미… 턱자구니
읎이 목심 걸어야 싸는 운맹이니까니… 악지가리 닫고 야
기 땅에 한 발목재이를 딜여놔야지.

멀리서 짖어대는 개들의 소리.
칼멘이 양손에 쥔 개들이 더 날뛰는 모양.

우뚝 서서 투견장을 바라보는 칼멘.

낮은 언덕 가로등불이 켜진다.

신문지 위에 막돌을 얹은 자리는 비어있고
가까운 터에 누군가 식물을 키우느라
비닐로 곱게 포장을 해놓았다.
(매가 가끔씩 다가가서 비닐을 열어보고 닫을 것이다)
경찰 1 2, 사내, 남자 투견판 언저리를 기웃거린다.

'매난국'은 투견장 한 축을 고치면서 실랑이 중이다.
'국'이 제일 열심히 고치고 있다.
('매난국'은 생각 없이 나오는 대로 서로의 말 앞에 말을 던진다)

매   엉성하게 지을 거면, 시작도 하지 마. 엉성해. 엉성해.

난   (두 손을 내밀지도 않고 입으로만) 언젠가 누군가 그러던데. 여

기가 지뢰밭이라고. 나비지뢰라고 들어는 봤냐?

매 인간어뢰라고 들어는 봤다. 이 철 지난 새끼야.

난 대충 보면 나비 모양 장난감이다. 밟는 게 아니고 만져야 터지는 거지.

매 어디를 만져?

난 멋모르는 꼬맹이들이 호기심에 달려들지. 모르니까. 모르 니까 만졌다가⋯ 모르니까 가는 거지. 애들을 노리고 하 늘에서 마구 뿌리는 거예요. 노림수라는 게 있다고.

매 한번 만져라도 보고 말하는 거 같다 새끼야.

난 동요 알지? 동요. 이게 심하게 흔들린다고⋯ 까딱하면 이 게, 너도 나도 눈앞에서 싹 사라진다고⋯ 아무 것도 모르 는 애들이 눈앞에서 사라진다고 생각해봐. 싸울 의지를 접고 항복한다는 거지. 나비지뢰의 힘이 거기 있어요.

매 난 이 새끼 말을 도저히 믿어 볼래야 믿을 수가 없다. 신문 쪼가리에서 읽었지?

난 의심 많은 이 새끼를 봐라.

매 ('난'의 귀를 막으면서) 다시 말해봐.

난 동요 알지? 심하게 흔들리거든⋯ 의심 많은 새끼.

매 니가 한 말을 듣는 사람이 어찌 생각할까, 항상 고민 좀 하 면서 말해.

멀지 않은 곳인가, 개 짖는 소리.

국 입으로 짓는다고 욕본다 새끼들아. 투견장 손보면서… 뭔지뢰 같은 소리를 하고 있냐. 꼬라지에 안 맞게.

난 (머리를 쓰다듬는다) 그러시구나. 그래서 그대는… 투견장 손보면서 종말 종말하시는구나.

국 죄를 짓고도 죄인지도 모르는 짐승들 사이에서… 지구가곧 두 손을 들게 생겼는데. 저거 안 보이냐?

매 정말 안 보입니다.

난 지구가 끝장나기 전에, 여기 우리가 먼저 손 탈탈 털고 나갈걸.

매 그래 알렐루야. (박수를 치면서) 씨발났다. 나비지뢰에서 지구 목숨까지. 투견판에서 끈 다 떨어지고… 얻어나 먹고사는 놈들이… 사고 체계가 참 신비로와.

이씨가 박수를 치면서 들어오자 살짝 긴장하는 '매난국'
차례로 '매난국'의 머리를 쓰다듬는 이씨 옆에 부인이 있다.

이씨 돼지요? (힘들지요?) 삐뜩하몬 놀아 볼끼라꼬… (철창을 두드린다) 모이봐라. 오늘 및 명이나 모일꼬. 간간이 달이라도함 치다보면서, 마이 오라고 빌어야 안하겄나.

이씨, 주저앉아서 들고 있던 동전 여러 개를 땅에 세로로 굴린다.
매를 향해 굴리면 매는 열심히 달려가서 주워오고 난도 국도 동전을 굴리면 정신없이 달려들어 주워온다.

15

이씨   개시키들이 와 귀하냐믄요. 내 말 안 하대요. 숟가락 위에 올라앉아야 본전이 끝나는 기거든요. 거기 분들은, 빚은 은제 갚고 본전을 우째 찾아 나갈라꼬… 끝없이 시부리 쌓는기요.

결국 숨에 차 할할거리는 '매난국'의 꼴에,

이씨   인자 마. 몸도 좀 풀었실기고… 얼어서 시부리고만 있지 말고… 홀홀 자유롭게… 산책도 하고… 사색도 쪼매 하고. 그래야 사람이 사람 같지.

손뼉을 치면서 흡족해하던 이씨가 나가면
이씨를 따라 부인도 나간다.

멀지 않은 곳인가, 개 짖는 소리.

상수가 철통을 들고 들어와 불을 피운다.
비닐봉투에서 마른 풀이랑 벗긴 개가죽들을
꺼내어 철통에 집어넣고 태운다.

상수   (혼잣말처럼) 들었어 형? 조금 전에 덤프 트럭들이 왔고 개들이 도착했어. 형… 오늘처럼 추운 날이었는데… 형, 기억 안 나? 대개 오랫동안, 트럭이랑 담벼락 사이 돌 턱에 앉아서… 집에 들어갈 엄두도 못 내고 내가 춥다고 우니까… 형이 내 귀에 대고 그랬잖아. 저 새끼, 불타서 죽으라고 빌까? 저 새끼가 누군데 형? 형이 내 귀에 바짝 대고. 이상한 나라의 이씨 말이야… 내가 '아 아버지?' 그러니까, 형이 '그래 그 새끼. 쿡쿡 웃었잖아. 이씨가 던져주는 개밥 먹으려고… 몰려온 거 보여? (혼자 쿡쿡 웃는다)

인이 밴 듯 바깥쪽으로 양손을 말아 쥐는 상수.

추위를 이기려고 입마개를 하고
주전부리 상자를 어깨에 메고
양손에 물통 두 개를 들고 언덕을 넘어오는 칼멘.
우뚝 서서 투견장을 바라본다.

멀지 않은 곳인가, 개 짖는 소리.

부인, 사내, 사복 입은 경찰 1 2, 박씨.
(이들의 말은 따로, 또 같이 뭉쳤다 흩어질 것이다)
투견장 곁으로 모여들고 있다.

투견판 속으로 흘러들어가는 칼멘.

작은 소금자루를 들고 와 칼멘에게 건네는 박씨.

매몰차게 대하는 칼멘에 아랑곳없이 졸졸 따라다닌다.

칼멘은 소금 한 손가락을 입에 넣고 우물거리다
바닥에 소금을 뿌리고 돌아다닌다.

사복경찰 1, 2는 여기저기 돌아다니는 중이다.

박씨   첨 올띠게는 배가 마이 안 불렀디만. 고새 마이 불렀뻤다,
그지요?

칼멘   (시선조차 주지 않는다) …

박씨   내가요, 마… 바라는 기라고는 한 개도 엄꼬요. 마, 칼멘님
이 밥 잘 잡숫고요. 잘 주무시고요. 내를 마, 오빠맨키…
내를 가족맨키로. 이래싸면서요. (두 손으로 입을 가리고 클클
징그럽게 웃는다) 마, 가찹게 있을 거니까네. 딱 요까이만 붙
어 댕기도, 되겠지요?

자꾸만 박씨 쪽으로 소금이 튄다.
배뇨 통이 오는지 민망해하던 박씨가 밖으로 뛰어 나간다.

난   옴마 박씨야. 반반한 앙까이 앞에 두고… 거시기가 거시
기를 못이겨내는갑지. 쭈글시러버라.

두 개의 자루를 든 오창강이 들어온다.

국   (오창강을 보며) 저 새끼는 올 때마다 자루 두 개를 양손에 들고 오네.

난   저 새끼가 큰 돈 되는 거, 들고 다닐 새끼로 보이는 건… 아니지?

국   끝이 돈으로 귀결되는 새끼.

창강   선과 악. 그놈의 간을 양손으로 맞출라 맴을 쓰는 거임다.

난   그러시구나.

매   씨발 났다. 선이고 악이고. 그 양손에서 맞춰볼라고?

칼멘이 소금을 뿌리며 돌아 다닌다.

형이 있는 지하실 입구 근처까지 갔다 오는 경찰1.

창강   소금임다. 바닥에 뭔 소금을 그리 부어대는지 말임다. 저 앙까이는… 먼 꽃씨 뿌리등이… 뿌림다.

국   개들을 위해 뿌리는 걸까? 대체 뭐 땜에?

난   죽어 자빠진 냄들을 위해 뿌리는 검다.

매   하기야… 여기가 지뢰밭이었단 얘기가 있다. 수두룩이 창공으로 순간적으로다가 등용하셨겠지.

국   믿을만한 얘기는 아니고…

창강   여가 지레밭이었담까? 어드내 주두리서 흘러온 내기임까?

난   어드매 주두리서 흘러와서… 눌러앉은 내기임다. 한 놈이 딱 밟았다 하면… 순간 다 같이 정지. 하늘로 등용하는 검다

창강   아재비 내기에… 이 스나이 맴이 시끄러워짐다.

매   미리 빚을 당겨쓰고 일수 찍듯이⋯ 미리 겁을 당겨쓰지는
         마라. ⋯ 지뢰를 밟는 걸 본 사람은 아직 없다.

난   아니, 밟아 본 사람이 아직 없어요.

매   그러니까 이게⋯ 밟으라고 떠도는 이야기인지. 떠돌아서
         밟을지도 모르는 건지는 아무도 몰라.

국   이야기란 새끼가 원체 방랑벽이 쎄. 믿을 수가 없게도 싸
         돌아다니겠지. 외로울 수밖에 없으니까. 스스로 개뻥튀기
         하면서 살아가는 거지. 그래야 또 우리같이 외로운 놈들
         이 듣고 겁을 먹든 웃어제끼든 들어주지 않겠느냐?

난   왜 종말도 끼워 팔아야지. 내가 말했을 건데⋯ 사는 동안
         가장 멀리 둬야 할 것이 신과 경찰이야.

국   가장 가까이 둬야 하는 거 아니고?

난   불안을 조종하거나, 조정하거나, 조장하거나. 아무튼. 믿
         고 싶지만⋯ 필요한 순간에는 저 멀리 있어.

매   저 앙까이 낯이 참⋯ 익다?

난   이 좁은 곳에서 매일 보는데⋯ 안 익는 게 이상지.

매   (뜬금없이) 앙까이⋯ 소개비로 얼마나 챙겼나?

창강   고 먼 썩을 소리임까?

난   썩을 소리임다.

창강   귀가 싫다함다.

난   귀가 싫다함까?

매   배불러 왔으니까⋯ 두 배로 쳐 받았겠다?

창강   우쁜 내기함다.

매	칼멘이라는 이름도 참 생뚱맞다.
국	칼 쥐고 명태 대가리 내리 찍는 거 보면… 그럴싸하지 왜.
매	알렐루야.
난	흔해 빠진 마리아보다 낫다. 칼멘이 마리아 별명이람서?
창강	(칼멘을 향해 비웃음이 터진다) 지가 마리아람까?
난	징글맞은 새끼… 이미 갈 것들만 미리 데려오는 거 아냐?
창강	이 스나이를 멀루 보고 그라심까?
난	멀루 보고 그라함다.
국	… 얼마나 버틸까 내기나 하자.
난	난 한달 간다에 100.
창강	(씩 웃는다) 요 싸구쟁이 (머저리)
난	싸구쟁이 (머저리)

칼멘, '싸구쟁이'를 따라하자 피식 웃는다.

오창강은 자루를 들고 조심스럽게 빠져 나간다.

싸울 개들에게 보양으로 먹일 황태 솥을 살펴보는 경찰2.

경찰2	(작은 통에 코를 갖다대며) 이거… 똥가루 말고… 이건 아니지.
경찰1	기가 막힌 곳이다 그지?
경찰2	우리가 누군지 알 리가 없지… 아직까지는.
경찰1	거래도 적당하고…
경찰2	오래오래 오고가겠네. 점점 불어나기도 할 거고.

경찰1	이러다 우리 손을 벗어나면… 안 되는데.
경찰2	난 저것들을 믿어. 난 저것들이 뭘 막 믿고 싶어 하는 지도 알거든.
경찰1	저것들이 믿는 게 뭔데?
경찰2	저것들의 눈을 잘 봐. 막 어딘가를 뚫어져라 보지?
경찰1	그래서?
경찰2	자기 미래를 걸어놓고 기대에 부푼 나머지 어디로 돌아가야 할지 모르고 계속 뱅뱅 도는 거야. 난 여기가 맘에 꼭 든다. 판이 커질수록 안전하거든.
경찰1	숨을 데가 많아서?
경찰2	그렇지.

경찰 1, 2 주변을 살피다 나간다.

멀지 않은 곳인가, 개들의 집단적인 울음소리.
칼멘, 자신도 모르게 꿈쩍 놀란다.

국	놀라지 마라. 애국가처럼… 의식이라고 보면 돼. 서로 묻고 답하는 거랄까. 살아있냐? 살아있다. 나갈까? 나오지 마라. 죽으려거든… 나오든가.
난	우리의 낮과 저들의 밤은… 다를 게 없다. 잠시 쓸모가 있다 싶으면 끝나니까.

뒤에서 싸움이 미리 붙은 듯 개가 짖기 시작한다.

대마초가 있는 곳으로 가서 몇 잎 뜯어 먹는 칼멘.

국   (달아오른다) 살아있냐? 살아 있다.

상수   (혼잣말처럼) 여기 빌빌거리는 놈들과 방금 도착한 놈들 중
      한쪽은 싸움에서 이길 거니까… 기다려봐야지. 또 모른다
      형. 이놈들이 이길지도.

매   뭘 그리 쑹얼거리나. 오늘은 어떤 놈한테 작업하나?

상수   작업이요?

난   상수는 모르시는구나.

국   네 형이 말이다. 싸우기 직전에… 싸울 놈들한테… 무언
      가 주문을 걸지.

난   주문뿐이겠냐. 무언가를 물에 타서 먹이지.

매   (양손으로 섞는 시늉) 네 형이 잘 말아. 비율이 정확해.

국   항상 형이 말아준 걸 먹은 그놈이 이긴다고.

상수   이길만한 놈이 이기겠죠.

매   그렇지. 질만한 놈은 지는 거고?

'매난국'에게서 벗어나는 상수.

상수   (혼잣말처럼) 이놈들은 목줄을 벽에 걸고 신문지 위에 꼼짝
      없이 앉아서 짖기만 해. 책임이라고는 한줌도 지지 않을
      말들만 뱉으면서 시간만 보내지. 형은 이렇게 빌빌거리는

놈들 꼴이 보기 싫은 거야. 보기 싫으니까… 형이 대신 문을 안으로 잠그고… 나오지 않는 거겠지. 세상이 던져준 기회를 놓치는 건 자신을 탓해야한다면서? 나도 형처럼… 이놈들이 지겨워지면 어쩌지. 형?

사내가 칼멘에게 손짓하자 다가가 주문을 받는 모양이다.

난　　저 말끔하게 생긴 새끼… 또 왔다.

매　　개밥을 주는데 어디를 가나? 갔다 또 오는 거지.

국　　뱅뱅… 헛바퀴 돌듯이… 그지?

난　　저 새끼… 여기 '죽'자리 예약이다

국　　매난국죽… 마지막에 '죽'은 항상 이래저래 빈다. 그지?

매　　(낯선 부인이다) 저 여자는 누구지? 이씨만 뱅뱅 쫓아다니고.

난　　추파라도 던지러 왔나 보지. 심심해 죽을 지경일 때는 목매다는 거보다는 낫잖아.

국　　흔해 문드러진 얼굴에… 심심하게도 생겼다. 그지?

난　　무엇이든 죽어나가는 걸 보면… 덜 심심해지겠지.

부인과 눈이 마주치자 씨익 웃는 국.

난　　(들리지 않게) 늙은 년… 돈 묻어나는 저 미소를 봐라. 망해먹을…

국　　이 땅에서… 저년 미래가 확 다 빨리고 나갈 텐데… 좀 봐주자.

한쪽에서 사내가 부인과 마주 앉아 있고
사복 경찰 둘은 전자담배를 태우면서
서로의 흑심을 나누고 있다.

경찰1   3박 4일 밤마다 벌어진단다.

경찰2   요 근래 들어 젤 큰 판 같다야. 너는 얼마나 걸었냐?

경찰1   생각 좀 해보고…

경찰2   걸까말까 생각하는 동안… 나는 옆에 서서 막 놀까?

그들 사이를 지나면서 꽃씨를 뿌리듯이 소금을 뿌리는 칼멘.

부인   싸움판으로 실어 나르는 개들은… 어디서 와요?

사내   싸우기에 알맞게 키우는 사람들이 따로 있다고 들었습니다.

부인   물어뜯어 죽이기를 바라는 심정으로… 키우겠죠?

사내   그러다가 물어뜯겨 죽기도 하겠지요.

부인   (북쪽을 보며) 저기에도 초고층 아파트촌이 있다죠?

사내   … 광고용으로 몇 채 지었단 얘기도 있습니다.

부인   앞으로 이쪽도 무궁무진하겠어요.

사내   … 그럴까요?

부인   얼마나 좋아요? 손 안 댄 데가 하고 많을 텐데…

경찰1   그놈 애비한테… 작업에 대한 귀띔은 했지?

경찰2	순순하지 뭐. 일언지하에 거절은커녕 일언지하에 막 승낙하더라고.
경찰1	같은 하늘에 애비라는 작자가 달라도 참 많이 다르네.
경찰2	씨발… 말 많고 사연 많은 재물 끌어 막 모아서 딸년한테 안기고 가는 애비도 있으시고… 평소 눈에 꼴리는지 아들 새끼… 마약상이라 밀고하고 그 새끼 귀한 시간 막 내다 팔아서… 막 개발 이익 챙기고 막 판돈 챙기는 애비도 있으시고…
경찰1	다 지들 복인 거지. 저 여자 아들놈이… 큰일 하셨다면서?
경찰2	마약… 상습적으로다가.
경찰1	여기 큰 아들 놈이랑 몽타쥬는 비슷한 거지?
경찰2	소문 잠재우고 외국으로 빼돌리려고… 막 남의 새끼한테 뒤집어 씌워 잠시 세상 관심 끌어달라는 에미년이 저기 있으시지 왜…
경찰1	들린다.
경찰2	제발… 저년 좀 들으시라고…

칼멘이 그들 사이를 뱅뱅 돌고 있다.

부인	50층 쌍둥이 빌딩이 무너지는 거 봤어요? 눈앞에서 마술처럼 싹 사라지는데… 장관도 그런 장관이 없어요. 그지요? 땅은 어디로 도망가지 않죠. 인간이 세운 건 다 허무한 거라니까… 살수록 땅이란 게… 참 기름지고 경이롭기

까지 하단 말이죠.

경찰2 씨발. 저기 우리 눈에 막 보이는 데까지가 죄다… 넌 거라고?

경찰1 저분 거란다.

경찰2 씨발. 응? 괜시리… 막 억울해지네.

부인 … 투자 개념으로 오셨어요?

사내 … 바람 쐬러 나왔는데… 여기에 와 앉아있네.

부인 몰래… 은밀하게 오신거구나.

사내 … 어떻게 이런 곳에…

부인 내 새끼… 구멍 막으러 왔다고 하면… 어떨까 싶은데… 이해하시겠어요?

사내는 부인의 영문 모를 말에는 관심이 없다.

사내 여기가… 지뢰밭이었단 이야기가 있어요…

부인 그래요?… 터지긴 한대요?

사내 그래서… 투견판이 벌어져도… 별로 신경을 안 쓴다고.

부인 아… 여기 보호차원에서… 듣기에 반가운 이야기네요.

경찰1 투견판 백날 잡아봐야… 실적에 큰 도움 되는 것도 아니고. 일단 저년이 원하는 걸 채워주고… 마약 중간상이나 잡아서… 바꿔치기 해야지. 저기 북쪽 말투 쓰는 놈을 잘 봐.

경찰2 그쪽에서 마약을 제조해서 이 나라 저 나라에 판다는 이야기도 있다면서?

경찰1 나쁜 짓은 종합적으로 해야 믿을만하니까… 누가 그래?

경찰2	모르지… 큰놈은 막 안 보이네.
경찰1	안 보이다 사라져야 덜 궁금하지. 여기 원래 없었던 것처럼… 안 그래?
경찰2	(두 발을 뗐다 놓았다 한다) …
경찰1	왜 그래 불안하게…
경찰2	여기 나는 죄만 허구허구… 막 지어 올렸나?
경찰1	저년은 복을 허구허구… 지어 올렸고?
경찰2	… 난 언제쯤 막… 조세 포탈이나 응? 배임횡령으로… 들어가 보냐? 그 흔한 도둑질도… 막… 범위가 인간의 상상을 넘어서면… 그땐 도둑이라 부를 수도 없잖아.
경찰1	판사나 도둑이나 죄를 중심에 놓고 들어가느냐 들어가게 하느냐… 상석에 앉느냐 하석에 앉느냐에 따라 인간의 격이 달라지니까… 사람들이 우글우글한 곳에서 그놈 손목에 수갑을 채웠는데… 이놈이 반항이 심해서 얼떨결에 내 손목에도 하나를 채웠지. 사람들이 막… 모두 쳐다보고 난리니까 수습을 빨리 하려고… 그때 난 느꼈다. 막 잡은 놈이나 막 잡힌 놈이나. 막 그물을 친 놈이나 막 그물에 걸린 놈이나. 막 뒤를 쫓다가 잡아 돌려서 마주보고 섰는데… 마지막엔 뭔가 막 나란하네… 막 잡범 뒤통수 보고 막 뛰고 뛰다가. 돌려세워 막 겁먹은 잡범 시선을 마주하니… 세상이 막… 응? 수상해지기 시작하더라고…

개들이 짖어대는 소리가 가까워지고 있다.

경찰1 출발이다.

박씨가 수제 장총을 어깨에 메고 들어오고
오창강과 상수가 투견을 한 마리씩 쥐고 들어온다.
버거워 보이는 상수는 겁에 질려 있지만 어쩔 수 없다.
미친 듯이 몰려드는 사람들
소금을 뿌리다가 우뚝 서서 그들을 보고 보는 칼멘.

칼멘 … 거시끼니… 저절루 강생이들이 목심 홀랑 팽가치루…
또 뫼이누만요.

천천히 둘러보는 칼멘. 아무도 없다.

칼멘 어머이 초마 옆차개에 극약주머이가 입습데다. 뒈진 어머
이 초마를 내가 뺏어 입고 안 왔시오. (극약주머니를 열어서 냄
새를 맡아본다) 거이… 이쟈 내는 구먹재이요? 갤름배이요?
버버리 다 되었시다구리.
고대 온 다디만 이리 홀로. 하눌 참 구친날이요. 중국 벽
지에서 노궁년으로살다 죽을라니께… 앙까이… 동자꾸이
밖이 더 하갔시오마는. 아무 데나 궁데짜이 벗는 노궁년
이보다믄 앙까이… 동자꾸이믄 흡족하오. 더 바라는 거시
있으믄 조죽이지 고게 사람입까? 냉중이 됏날되믄… 메
에 곱기 드가고싶습네다. (한발로 뛰며) 어머이… 막띠이 보

29

입꺄? 깨까막질 하는 막띠이 안 보입꺄? 저게 우리 몰이오… 이 에무나이가 쌍두이 성 찾아 정반대핀이 와 있는 기요. (스스로 비웃듯이) 꿈을 꿨는데 꿈속이 내가 와 앉아있시요. 요 에무나이가… 만복 받았는갑시오. 어련들이 더금 닙부터 알아본댔나… 저게 언덕재이 아래 모캥이 돌며는 고향집 헉개와가 나올 것만 같시오… 고대 강생이 우짖는 소리이 들릴 것 같시오. (멀지 않은 데서 개 짖는 소리가 들린다) 갸서 요게 보면 빛난다카더니 여가 그림자치름 어두우니까네… 거이… 기러니까네… 내 가심으루다가 몬지가 많시다… 비열이… 싸래기눈이… 뭔 소용 있시까? 이래 에무나 이 쌍으로 복 통구 받았시오. (꼬깃꼬깃한 북한 돈 뭉치를 주머니에서 꺼낸다) 성 피와 땀이요. 손그림재도 묻었을 기요. 인저 우리 쌍두이성 만나서리 꿈도 두비로 이룰 거이까는… (하늘을 올려다 본다) 거개서… 보입꺄? 어머이… 요게 에무나이 똑 승맥 겉은 낯짝이 보입꺄?

사람들이 몰려와서 개들을 포위한 듯,
짖는 지 죽는 지 아무도 모르는 그들만의 새벽이
슬그머니 다가오고 있다.

2. 그들에게 끼어드는 峪(골—욕)

가까이서 벌어지는 두 번째 개싸움.

개 사료 통에 황태를 찢어 넣고 있는 칼멘.
주머니에 황태를 몰래 집어넣는다.
반대편에서 남자와 사내가 들어온다.
사내는 남자를 뒤에서 붙잡고 늘어지고
남자의 몸은 투견판이 벌어지는 반대쪽으로 향한다.

남자　가지 마.

사내　숨이 머리끝까지 찼다고…

남자　그냥 가자고. 나가자고. 여기서 뱅뱅 돌지 말고. 말자 우리… 응? 트럭에 먼저 타고 있어. 끝나면 저놈들 싣고 나가야되니까… 제발 미리 가서 숨어 있으라고.

사내　숨을 내려놓으려고 왔는데… 새끼야. (남자를 붙잡고 늘어진다) 불안해서 그러지.

남자　그냥… 가만있어 봐봐.

사내　언제쯤 나아질까? 나아지기 전에 죽겠다. 씨발 새끼야. 조여 오는 게… 누가 목구멍 속에다 못을 하나씩 박아 넣는 것 같아. 미치겠거든…

31

남자   … (말을 돌린다) 내 손안에 없는 건 아무것도 아니다. 돈이
       란 게 그래.

사내   니가 어디서 물고 온 귓속말 때문에… 금속 주에 털어 넣
       으래서 넣었다가…

남자   투자란 건 본전이 남아야지… 공동투자는 우리 두 사람이
       나눠가져야 할 만큼… 잃어버린 돈은 없었던 걸로 생각
       하고… 생각하자. 개미새끼들이 본전 생각에 빠지면… 더
       잃을 일이 남았단 거 아냐 새끼야.

상수   본전을 너무 밝히면… 어떻게 되는데?

남자   남의 손에 쥔 본전까지 잃었다면… 말해서 뭐 하나 새끼
       야. 우리 같은 개미새끼들은 어차피 도미노처럼 맨 앞에
       서느냐 맨 뒤에 서느냐… 그게 지금 중요한 게 아니거든.

사내   모두가 그냥 넘어지기 위해 존재하는 거네? 씨발.

남자   여기 괜히 왔다. 씨발… 너란 새끼가 구덩이 파시고 들어
       가 누울 줄 알았냐? 내가? 졸지에 저승사자 되라고 빌어
       라 씨발.

사내   (킥킥 웃는다) 나… 맞냐? 쪼다처럼.

남자   돈이란 놈이 그래. 놈이 놈을 부르고. 놈이 놈을 감싸고.

사내   … 내 미래가 누가 대출 끝까지 받아 갚아야하는 빚더
       미같네. 씨발. 이제 놈이 말을 걸고… 놈이 잠을 재우고…
       빚더미 위에서 떨어지기 직전이다. 씨발. 거꾸로 땅에 내
       리꽂히기 직전이라고 씨발.

남자   분수도 모르고 쌓았는데… 분수는 알고 내려가야지. 가겠지.

사내 (킥킥 웃는다) 미래형이냐. 씨발. 가겠지? 왜… 올라가면 안
되냐? 분수를 알고… 올라가겠지.

남자 잘난 끝도 있고 못난 끝도 있다. 못났네… 이 새끼…
끝까지.

사내 너… 나… 알지?

남자 … 알아도 몰라… 새끼야. 니가 반듯하게 옳은 문을 찾아.
열고 들어가건… 열고 나가건… 난 몰라.

사내 (낑낑 거리기 시작한다) … 나를 왜 여기까지 데리고 왔니. 재
생하러 가자면서? 정화하러 가자면서? 씨발 새끼야.

남자 니 미래를 걸어놓고 쪼다처럼… 흥정이나 하라고… 여기
데려온 줄 알아?

사내 망하라고… 나 여기 데려온 거잖아. 너 혼자 여기서 썩기
싫으니까. 두려우니까… 너 대신 내가 여기서 끝장이 나
든 말든. 망할 새끼…

남자 그래 새끼야. 여기 자기장 엄청 쎈 곳이거든. 어차피 깨져
야 하는데… 누군가 망치 하나 들고 깨버리라고 기도하는
놈들만 모여든다.

사내 넌 여기서 운전대라도 잡고… 개밥이라도 얻어 처먹나 모
르겠지만… 난 끝까지 갈 거야. 그게 여기 규칙 아냐? 누
군가 깨질 때까지.

남자 제발 돌아가자. 불안해하지 말고… 좀만 기다리라고. 불안
한 놈일수록 여기 자기장은 더 세게 끌어당겨. 새끼야.

사내 냉정하게… (불안하게 걷는다) 냉정하게… 근데 여기 계속 있

으라고? 내 자리는… 어디 있지?

남자   뱅뱅 돌지 말고… 트럭에 먼저 가서 숨어 있어라 제발.

사내   … 번호판도 없으면서… 어떻게 찾으라고.

남자   오른쪽 백미러에 껌 덩어리 붙어 있으니까… 그거 니가 씹었던 껌이다 새끼야.

사내   … 기억이 안 나…

남자   안 나시겠지… 안 나셔야지.

가까운 데서 개 짖는 소리.

사내, 긴장하면서 보다가 투견판 쪽으로 뛰어가고

남자는 사내의 뒷모습을 보다가 반대편으로 사라진다.

부인과 이씨가 들어오고 있다.

부인   아무도 모르게… 했음 싶은데.

이씨   안주까지는… 아무도 모리는 기 옳지요.

부인   약에 손을 댔네요. 잘 어울려야 되는 건데…

이씨   똑 사람 겉지도 않은 시키들을 만나갖고… 억시로 걱정이 많겠다. 그지요?

부인   다 끝이 나면요. 아드님 미래는 제가 책임지겠습니다.

이씨   사람 겉지도 않는 시키를… 그렇게까지…

부인   부담스러워야… 탈이 없으니까.

이씨   내사 마… 얼렁뚱땅… 지은 죄는 양쪽 주머니에 꼭 차고

다니게 된다꼬 안하대요?

부인 땅도… 쓸 수 있는 만큼 쓰셔도…

이씨 하이고 마.

부인 저한텐 그냥 쓸모없는 땅이라서… 여기… 아무도… 없지요?

이씨 즈짝에… 있기는 하지만도…

칼멘은 앉아서 허겁지겁 황태를 쭈욱 찢어 먹는다.

이씨 안주… 말도 모리고… 사람이 아이라. 맹글어바야지요.

부인 중국? 비엣남?

이씨 눈쓸미가 직인다. 한 달 즌에 쭝국에서 왔심니다.

부인 참해 보여요. 아내 잘 얻으셨네요.

이씨 하이고 마… 고거는 아이고… 아이긴 아인데… 내 밑에서 뒤치다꺼리하는 글마… 박씨의… 머라케야 좋을꼬.

부인 그나저나 제가 사모님은 안 만나 봐도 되겠죠?

이씨 됐다카이소.

부인 항상 여자들 입이 문제라서… 세상이 저렇게 조용한 인간들만 있다면 얼마나 좋을까요?

황태가 목에 걸렸는지 켁켁 거리는 칼멘.
가까운 데서 겁나게 짖어대는 개소리.
부인은 환영처럼 사라진다.

똥가루를 숨긴 소금자루를 들고 들어오는 창강.

문득 쭈그리고 앉아 극약주머니를 꺼내서 보는 칼멘.

창강   아주마이는… 머를 고래 디다봄까? 보물임까?

칼멘은 별일 아니라는 듯이 극약주머니를 집어넣는다.

이씨한테 다가가는 창강.

창강   안고 왔습다.

이씨   욕 안 볼라 켔드나.

창강   빚은… 5만 까는 겁다.

이씨   (자루를 뒤진다) 개구직인 거 아이가?

창강   와늘 죽씁다. 안 금까?

이씨   (칼멘을 보며) 은제 이 개냄새를 안 맡게 될랑고? 아나… 소금 좀 더 뿌리라. 니는… 으데 산지에서 왔다고?

창강   (끼어든다) 앙까이 장마당서 샀습다.

이씨   산 거 맞나? 어서 쌔빈 거몬… 내가 우째 나올긴지 알제?

창강   암다. 내 잘 암다. 여긴 낮밤이 없어서 안심이 됩다. 도시는 밤이믄 깜깜해서 말임다. 없는 사람한테는 밤이 쓸데없이 깁다.

이씨   낮에 쎄빠지게 번 거… 그거 지킬라믄 밤이 깜깜한 기… 안 좋겠나?

이씨가 나가라는 손짓을 하자 창강은 나가다 멈춘다.

창강   내기 하나 하람까? 이 나라 인간들은 돈 가지고 아조 사
람을… 멜시함다… 내가 죽이지는 않았슴다… 도망을 쳤
지… 난 호의였슴다… 정말로 호의였슴다… 투견판에서
나가는 길을 알쾌 달래서 길을 알쾌줬지… 빠스정거장까
지는 한참이지 않소… 서서 내 가던 길을 멈추고… 그건
호의였슴다… 취한 노털이요… 자기 주머니를 뒤져… 그
래해서 내 봤지… 그이 주머니에 오만 원 지폐가 한가득
이야요… 여기 투견판 돈이 거기로 싹 다 옮겼나… 천원
짜리도 보이고 두둑함다… 색깔별로 있슴다… 민주스럽
지요… 노털이 주머니를 한참을 뒤적이다 오백원 동전을
내밈다… 이 오창강이 앞에 내밈다… 아무리… 내가 중국
동포라 그러는지… 길 알쾌 준 친절이… 돈으로… 것도
몇 푼짜리 동전으루… 순간 내 호의가 우뻐짐다… 멜시당
한 거 같슴다… 첨 본 내 말튀만 듣고… 싹 멸시함다… 죽
이고 싶었슴다… 오늘 밤은 돈 색깔이 재별나게 아름다운
밤임다…

3. 제로섬, 삶의 틀

멀지 않은 데서 개싸움이 극에 다다른 듯

칼멘은 칼을 높이 들어 명태 대가리를 내리치고 있다.

양 손에 잔뜩 피를 묻히게 되는 칼멘.

철 양동이에 내장과 핏덩이를 담는다.

상수가 물통을 들고 들어온다.

붉은 고무 다라이에 뜨거운 물을 붓는데.

다시 칼멘, 간간이 명태 대가리를 내리친다.

이씨는 아주 느긋하게 입을 여닫는다.

이씨   (술에 취해 끝없이 내뱉는데, 개가 짖는 것처럼 왕왕거린다) 아나?…
게으름에는 한계가 음따… 후회도 음꼬… 아나? 시간을
펑펑 써제끼면서 죄책감을 몬 느끼는 시키들은… 뻘뻘 끓
어 제끼는 지옥 불에 감금시키삐야 돼… 개장이나 철창
구디에서 썩는 시간은 계산법이 다를 꺼이까… 베알 다
빼놓고 사는 시키들은… 애비의 숙명이란 게 있다카대…
사람 꼬라지로 세상에 내놓은 이상… 개노무 시키들하고

는 달라야 안하겄나… 달라야 안하겄냐꼬… 싸우다 죽어
도 고기값으로라도 보탬이 되는 개시키가 더 아름답꼬…
인간답꼬… 아나? 알아는 묵나? 쌍노무 시키야… 내 새
끼에 대한 배려… 각별 특별한 배려… 이 시키… 니가 알
아는 묵겄나? 시간을 벌어 써제끼든… 돈을 벌어 써제끼
든… 인간이라는 꼬라지 값은 해야지 안 하겄나… 양심을
소풍 싸서 보낸 시키들… 너거들 애미년 쫌 잡아 오라 안
하드나… 양심을 김밥 말아묵듯… 니놈 시키들 몸뚱어리
만 밀어냈는가… 고년 꼬라지 비기도 싫다싫다 했디만…
갈래갈래 찢어갔고 개밥에 비벼주기 전에… 잘도 알고 토
낏삐대.

상수   또… 떠다 드려요?

이씨   … 큰 쪼다방망이는?

상수   형은… 지하실에서 안 나와요. 문도 안 열어주고요. 생각
할 게 있댔어요.

이씨   개뿔이라 캐라. 인간 될라믄 안주 멀었다. 생각? 힘은 물
어뜯는 데서 생기는 기라… 몬하면서 덤비는 기 제일로
빙신 짓이다이. 니가 그거를 알아서 을마나 다행인지 모
리겠다.

상수   … 그러게요. 나는 안 덤비죠. 생각 없이 덤비는 놈이랑…
생각하며 덤비는 놈은 다르죠.

칼멘, 이씨가 씻을 물통을 가져와 내려놓는다.

이씨	니가 세상에서 조심해야 될 게 있다카믄… 바로 글마다. 한참을 모린다. 을매나 무서운 놈인가를… 니만 몰라. (물을 손에 담았다 놓으면서) 옳다꼬? 지만 옳아?

인이 밴 듯 바깥쪽으로 양손을 말아 쥐는 상수.

이씨	손모가지… 고 꼬라지는 안 고칠까가?
상수	(양손을 쥐고) …
이씨	(물을 손에 담았다 놓으면서) 참네. 물이 고새 식었뻣다이. 야 야… 내가 와 이 벌건 고무도가지(다라이) 안에 드가 있는 지… 아나?
상수	(소리 나지 않게 따라한다)… 따닷한 물 가득한 요안에 드가 있 으믄… 아주 쪼매는 화가 삭고 쪼매는 너그러버지는 기야.
이씨	따닷한 물 가득한 요안에 드가 있으믄… 아주 쪼매는 화 가 삭고 쪼매는 너그러버지는 기야… 쪼매 징그러븐 말로 하몬… 요 물이 뻘개… 뻘건 도가지라 그런가배… 잘못 보믄 뻘겋다고… 내 피가 다 빠져나온 거치름… 뻘개요… 그라니까네… 내 똑 시체 안 같나… 빨개벗고 누버서… 동동 떠댕기는 시체 안 같나… 야야… 니 거기 서서 머하 노… 엎드려 울어야지… 애비가 죽었는데 머하노… 처 안 울끼가… 꿈에서라도 누가 죽으몬 목청이 째지라꼬 큰 소 리로 울어 제끼야 된다 안 하드나… (기밀을 누설하듯이) 그 래야… 난중에… 좋은 소문이 나는 기라꼬… 쪼다방맹이

들 아이라. 생재… 내는… 태어나서 다시… 생재인기라…
생재하는 중인기라… 화정… 빈한다꼬… 깨끄름하이…
화정… 몸이 깨끄름하이… 빈한다꼬… 돈이 생기고… 생
재… 몸이 깨끄름하이 빈한다꼬… 우리 피플들은 잘 있드
나? … 우리 피플들은 잘 있드냐고…

상수 (혼자 궁싯거린다) 재생… 정화… 미친 새끼… 피플이 아니라
핏볼이요… 생재가 아니라 재생이고요. 사람… 피플이 아
니라 왈왈… 핏볼이에요. (속엣 말처럼) 징글맞은 새끼…

이씨 니… 뭐라 켔노?

상수 … 개새끼들이 짖어 재끼느라 바빠서… 염치를 배웠을 리
가 없죠. 징글맞은 개새끼들이죠. 뼈를 발라 쪽쪽 발라 먹
어야하는… 맞죠?

상수는 물통을 가지고 뛰어 나간다.

가까운 데서 벌어지는 개싸움.

칼멘은 쭈그리고 앉아 피걱질을 한다.
박씨가 급하게 들어와 이씨 곁으로 간다.

박씨 판이 이상하게 돌아가는데… 똥가루 좀 타야 하는 거 아
이야?

이씨 그기 문제가 아이고… 하까마까 싶은 일이 한 개 있다.

박씨 해야지… 니 일인데…

이씨 여가… 뷰(view)가 직인다… 내 안 하드나. 난중에… 여
다… 높은 아파트촌이 생기믄… 직이겠제. 뷰만 직이는
기 아이고… 두둑해 질기고… 안 글나?

박씨 진짜가? … 양손에 몬 잡는 안개 아이라…

이씨 있시봐라… 몬 잡는 안개를 내가 멀로 바까치기 하는지
를. 한 개를 내놓아야 한 개가 들어오겠제.

박씨 내사 마… 니가 잘 된다믄 안 좋겄나.

이씨 … 요새 절마들이 요게가 지뢰밭이라 케쌓드제. 와 그라
는 줄 아나?

박씨 그래케싸?

이씨 망하라꼬. 내 망해 자빠지라꼬. 시부리쌓는데… 자꼬 엉뚱
말 시부리싸면… 저 앙까이 나눠 묵고 잠잠해지구로. 글
마들한테 던지 줬뻰다이.

박씨 뭐라 케쌓노…

허공에 대고 수박을 고르듯이 툭툭 치는 이씨.

이씨 저거는… 으데 산지에서 왔노? 니가 데꼬 왔는데… 모를
수 있나? 을마 주고 데꼬 왔다꼬? 내는 아는데 니는 모리
제. 지 빚은 지 손으로… 알제?

박씨 내가 갚으끼다 안 하드나.

이씨 (정을 담아서) 박씨야…

박씨   … 와…

이씨   니가 땡빚을 내서 데꼬 왔시믄… 니 재산 잘 지키는 기… 안 좋겄나.

박씨   말이라꼬…

이씨   올마 전에 들어온 명태… 때깔이 마 직이드라. 절마들 믹이야 안 하겄나. 우리 피플들… 잘 싸울라면… 잘 믹이야 제. 글마들이 곌국… 알제?

박씨   내사 마… 니를 도와줄 기 읎나?

이씨   인자 개싸움 한 판 지대로 벌어질기야.

가까운 데서 싸움의 끝까지 다다른 개들.

4. 그들은 사람(People),
핏불(Pit Bull)이 아니라

늦은 새벽, 해뜨기 전 장국을 끓이고 있는 칼멘.
밝은 불빛이 칼멘을 스쳐지난다.

투견들을 태운 트럭이 들어오고 있다.
짖어대는 개들도 따라서 가까워진다.

오창강은 빈 주머니를 채워 투견판으로 들어가기 위해
혼자 들떠 말하면서 칼멘에게 다가가고 있다.

창강 강생이들이 썩어지게… 쌈 하다 뒈진 밤임다. 아주마이…
유벨난 개소리를 들었시요. 경기 전 애국가처럼 저놈들은
꼭 한바탕 단체로다가 울부짖슴다. 개 배아리는 특별히
잘 삶아 주기쇼. 참… 남은 것들은 곽밥에 잘 담아주기요.
내가 개를 곱아하는 스나이임다. 판 끝나고 돌아가는 빠
스에서 머거리로 좋아함다.

한쪽에서 '매'는 손에 개가죽을 씌고
'난'과 '국'은 개처럼 훈련하는 듯 보인다.

상수가 들어와 깡통에 불을 피운다.
바깥에서 '휙' 휘파람 소리가 나자 나가는 '매'
그릇들을 들고 따라나가는 '난'과 '국'.

상수 짖어야할 때 짖지 않고 짖지 말아야할 때 짖는 개새끼들
은 어디다 써먹을 데가 없다고… 이씨가 맨날 하는 말이
지 형?… 형은 불평불만이 많은 건 게을러서가 아니라 아
주 조금이라도 나아지기 위해서 그런 거라고 형은 말했
고… 근데 나는… 짖고 싶지도… 말하고 싶지도 않아 형.

칼멘은 도시락에 장국을 담아서 오창강에게 건넨다.

상수 아줌마… 형은 일어났어요? 뭐라도 좀 먹고 잤음 싶은
데… 이상해요. 끝없이 트럭이 오고 개들이 몰려와요. 엄
마가 사라진 날도 죽은 개들 수만큼 들어온 개들로 채워
졌거든요. 형도 나처럼 불안할까요? 아줌마… 형이 왜 문
을 안 열어줄까요? 형이 나한테 이럴 리가 없는데…

창강 아주마이… 재미진 내기 하나 하람까? 본국에서는 오 개
월 된 간나를 삶아서 잘라 먹슴다. 내 두 눈으로 봤시오.
간나 등떼기에 칼을 딱 꼽아갖고… (혀를 내밀면서) 세를 이
따마이 내서 뼈를 핥아서리…

매 씨발났다. 식사시간에… 간도 안 맞는 새끼가…

45

칼멘은 국 한 그릇을 쟁반에 들고 지하실로 간다.

난　　앙까이 저거… 어디 가시나?

국　　봐도… 모른 척하지.

난　　눈은 박씨 혼자 실컷 맞추고… 큰놈이랑… 그러시구나.

국　　지하실 안에 큰놈 스스로 잠근 건가?

난　　안에서 잠갔든 밖에서 잠갔든…

창강　끝으로 자꾸 처밀어 댄단 말임다.

난　　간을 어디 놓고 갔나? 입에 맞아? 창강아.

창강　아 저 아주마이… 돌출한 재주 있슴다. 요런 맹탕 암나 못 낄임다.

국　　내 입에는 딱 맞는데… 마지막 식사라 생각해봐라. 간이 문제인가.

창강　우쁜 농담[1) 하나 하람까?

난　　우쁜 농담 하나 하람다.

창강　국경서 들은 내기임다… 수비대를 발칵 뒤집은 스나이가 하나 있었슴다. 사람 모개지 값보다 값이 더 나가는 잘 훈련된 강생이 한 마리를 데리고 국경순찰을 나가는데 말임다. 이 스나이만 나감 재별스럽게 강생이는 어디 매놓고 빈손으로 온단 말임다. 윗선서 보니 수상하단 말임다. 이 스나이가 사람 모개지 값보다 비싼 강생이를 자꾸 잡아먹는 게 틀림없다 그 말임다. 긴 밤 동안 수경불에 구어서 돌려 먹고

---

1) 중앙아시아, 카자흐스탄에서 들었던 농담을 변형시킴.

강생이 뼈다기는 수풀에 기냥 던져놓는단 말이지요.

국   용감하네. 그래… 증거는 아무 데나 막 던져놔야 의심을
      못한다. 설마 싶거든. 사람 눈이란 게 그래. 막 뿌려놓으
      면… 소금인지… 약가루인지… 눈인지… 아나?

창강   윗선에서 할날은 이 스나이를 잡아다가 주문을 걸었음다.
      (손가락으로 동그라미를 그리면서) 너는 사람이 앙이다. 사람이
      앙이다. … 또 빈손으로 오는 거임다. 딱 뒤를 밟았슴다.
      이 스나이가 강생이를 앞에 딱 앉혀두고… 얼리는 검다.
      (손가락으로 동그라미를 그리면서) 너는 강생이가 앙이다. 강생
      이가 앙이다.

난   (국에게) 너는 강생이가 앙이다. 강생이가 앙이다.

국   너는… 사람새끼가 앙이다… 사람새끼가 앙이다.

      칼멘이 들어서자 매, 난, 국, 그릇이 담긴 쟁반을 들고
      투견장 안으로 들어간다.
      창강, 칼멘을 바로 세워두고 얼굴이며 가슴언저리며 둔부를 만지
      면서,

창강   앙까이를 고를 때는 배꼽 아래와 위를 반으로 갈라서 잘
      살펴봐야 한다… 지나치게 통통해도… 쓸모가 덜허다. 주
      둥아리 벌려보면… 어금니… 네 개 다이… 실하고 잇몸은
      엉이하나. 양쪽 광대는 앞쪽으로 볼록하미… 볼그레한 게
      좋다… 씨가시 숭구기에는 궁뎅이가 크민 좋다이. 주둥아

리 앙다문 앙까이민… 젤로 좋다.

돈을 빼앗기 위한 창강의 장난질에 걸려든 칼멘.
돈주머니를 꺼내다가 극약주머니가 바닥에 떨어진다.

창강   (돈을 세면서) 쌍두이성 찾는다민? 내 다 안다. 알고 있다. 찾
아줄 테니… 나한테 맡기보라…

돈을 들고 투견장 안으로 사라지는 창강.
피를 토하기 시작하는 칼멘.

'상수'와 박씨는 투견주처럼 각각 한 손에 목줄을 쥐고 들어와 투
견장으로 들어간다.
언뜻 맨몸으로 보이는 사람들이 끌려 나온다.
투견판에서 큰 빚을 지고도 갚지 못할 사람들.
어느 정도 거리를 두고 지켜보는 이씨.
와중에도 박씨는 남자답게 보이려고 으스댄다.

칼멘은 우뚝 서서 지켜보고 있다.

두 사람의 몸집은 제법 차이가 난다.
둘 중 한 사람은 '사내'다.
투견의 규칙대로 싸움을 붙인다.

이들의 몸이 처절하게 부딪히고
겹쳐지고 서로 비벼대며 엉겨 붙는다.

이씨   죽은 개시끼들 트럭에 실으면서⋯ 저놈들도 같이 실어서
넘겨라. 판돈은 잘 챙기고⋯

박씨   달도 밝고⋯ 장사도 잘 되고⋯

이씨와 경찰1, 2, 박씨가 함께 나간다.

인이 밴 듯 바깥쪽으로 양손을 말아 쥐는 상수.
자신의 손아귀에 쥐여 있는 사내에게 말하는 듯.

상수   ⋯ 자기 미래를 걸어놓고 기대에 부푼 나머지⋯ 어디로
돌아가야 할지 모르고 계속 뱅뱅 도는 당신들은⋯ 뭐예
요? (목줄을 바싹 당기고 사내를 본다) 예전에도 이씨가 시켜서
형이 손에 감아쥐고 개처럼 끌고 다녔던 사내⋯ 형 기억
나? 개새끼들이 사내 목을 너무 꼭 쥐고 비틀어서 끝이 나
버린 걸까? 형⋯ 이씨가 왜⋯ 우리 버릇 고친다고⋯ 가끔
씩 투견장 안으로 밀어 넣고 기둥에 묶어놓고⋯ 핏볼 한
마리를 풀어서 투견장 밖을 돌게 했잖아⋯ 분명히 철창
밖인데도⋯ 꼭 물릴 거 같아서⋯ 바닥을 빡빡 기어 다녔
잖아⋯ 지금까지도 난 그놈들 눈을 바로 쳐다본 적이 없
어⋯ 약해 빠진 걸까?

상수는 사내를 놓아주고 나간다.

절반이 무너진 것처럼 벌벌 떨고 있는 사내.
풀려난 사내는 겨우 숨을 고르고 앉아 있다.

칼멘은 국을 떠서 사내에게 가져다준다.

사내는 구석에서 꾸역꾸역 장국을 먹는다.
칼멘도 옆에 앉아서 천천히 밥을 먹는다.

사내　　저기… 조금만 더 주실 수 있을까요. 간도 입에 맞고… 텅 비니까… 공기도 달고… 오랜만에 입맛도 돌고…

칼멘이 가져다주는 국을 사내는 꾸역꾸역 먹는다.

난　　너무 밀어 넣으신다.

국　　밀어 넣은 거 다 게워낸다에 10.

갑자기 일어나서 자기 자리에서 뛰는 사내.

난　　(사내를 가리키며) 저거 저거… 얼마 못 가. 하늘로 아름답게 등용하신다에 50.

매　　60.

국   그러면 나는… 반대에… 100.

사내는 구석에서 구토를 하고 있다.
칼멘도 따라서 헛구역질을 한다.

옷을 너무 껴입어서 움직임이 둔해 보이는
여자가 들어와 두리번거린다.
돈을 잃은 듯 씩씩 거리다가
칼멘을 향해 돌진하는 여자.

피 묻은 철창을 닦는 칼멘을 따라 다니는 여자,
말의 굴곡이 점점 심해질 것이다.
칼멘은 부푼 배로 힘든 듯
가끔 쓰다듬으면서 듣고만 있다.
칼멘이 아주 빤히 보는데도
돈을 다 잃은 여자는 어설픈 복화술처럼
스스로를 설득시키고 말 것이다.

여자   아니… 그러니까… 말이야. 이런 데는 왜 오고 그러세요.
        (칼멘의 배를 보며) 암튼… 선택의 끝은 본인이 감당할 일이
        니까… (비참해진다) 아니… 이런 데는 왜 와서…
칼멘   …
여자   … 몇 번째일 거 같은데?

칼멘   …

여자   (손가락 하나하나를 펴며 약 올리는 듯) 5.

칼멘   (고개를 흔든다) …

여자   지난 번 흐이홍 아줌마가 다섯 번째였구. 그럼 우리 칼
멘 아줌마는? … 여섯 번째… 방문객 내지는 관람객 내지
는… 뭐라 부르는 게 좋을까? 관람객? 그 아줌마들? 어느
날 아침에 일어나니… 없어. 밤택시를 불러 타고 날아가
셨다고 그러더라고. 어둠속에 불러온 택시를 타고 날아갔
는지… 아님 말로 지뢰밭이라고 떠드는 여기 아래 지뢰를
사뿐히 밟고… 하늘로 솟으셨는지… 달이 봤겠어? 내가
봤겠어? 물론… 그 아줌마들이 여기 정말 살았었는지는
나도 몰라… 아줌마가 첫 번째 온 관람객인지… 아니 여
섯 번째인지는… 나랑은 아무 상관없는 일이라니까… 상
관없단 말… 무서워야 하는데…

칼멘   …

여자 쭈그리고 앉자 칼멘도 마주보고 앉는다.

여자   불쌍하단 말이지… 아줌마가 여기에 왜 왔는지… 올 수밖
에 없었는지… 묻지 않아도… 아줌마의 불행을 설득시키
기에는 사람들이… 생각 없이… 여기에서 무엇을… 어떻
게… 하는지… 나는 알고도 몰라야 한다고… 나도 뭐…
말을 가르치라니까… 그래도 인간으로'써' 무언가 의미가

있는 일을 맡기는데… 해야지… 아줌마가 알아듣지는 못
해도… 봤겠지만… 여긴 걸핏하면 끝장나기 위해 마지막
에 들르는 곳이거든… 아줌마는… 뭔 생각이 그리 많으시
나? (눈을 가만히 들여다본다) 눈동자가 새까맣네… 개미새끼
가 꽉 들어찬 거처럼… 아줌마… 눈을 가만히 들여다보니
까 말이야… 개미새끼들이 꼬물꼬물 바깥으로 기어 나올
거 같단 말이야.

칼멘 …

사내가 바닥이 거친 흙 둔덕을 올라가고 있다.
두터운 등을 가진 그는 왼쪽 다리를 띄지 않을 만큼만
절면서 우는지 웃는지 알 수 없는 어깨를 들썩인다.

여자 (떨어져 앉는다) 징그러워 죽겠네… 아니 아줌마 말고… 눈
동자… 말없이 응시하는 눈을 의심하라… 아… 좋다 (수첩
에 적으면서)… 눈에 맞아 죽으나… 끝은 차가워… 뜨겁던
피가 식는다고.

칼멘 (피걱질을 한다) …

여자 말이 그렇다는 거지..

칼멘 …

여자 여기 왜 왔을까? 우리는…

칼멘 …

여자 … 앙까이한테 말을 가르치러 왔다고… 말했나? 말 알지?

53

… 말. 중국인 중에서도… 소수 민족이라대? 중국내에서
도 말이 잘 안 통한다는… 보통 중국인들은 눈치가 엄청
빠르거든. 근데… 아줌마는 소수민족이라 그런가… 멍청
해 보이는 게… 열 받을 거 같네. 도시에서 왔다면서 왜 말
을 안 배웠대? 뇌의 용적에 문제가 있으시나? 왜 빤히 봐?
징그럽다니까… 두고… 따라해 봐. 나 반복하는 거 딱 싫
거든. 한 번에… 가자고.

칼멘　　…

여자　　(손가락으로 '저리 가'라는 동작) 가.

칼멘　　(따라 한다) 가.

여자　　앙까이도 중국인이라 그런가? 눈치가 빠르네. (손가락으로
　　　　'이리 와'라는 동작) 와.

칼멘　　(따라 한다) 와.

여자　　(말없이 손가락으로) '와'.

칼멘　　와.

여자　　(말없이 손가락으로) '가'.

칼멘　　가.

싸락눈에서 함박눈으로 돌변한다.
숨쉬기가 힘든지 숨을 고르는 칼멘.

사내는 자신의 맨 끝을 세울 나무의 나이테만큼
돌다가 미리 세어본 적 없는 시간을 벗어

그는 보란 듯이 시작을 들킨 듯이 사내 자신의 미래를 걸고 있다.

여자   아줌마… 추워?

칼멘   (고개 도리질을 한다) …

'여자'가 가랑이 사이에 두 손을 넣어 비빈 후
칼멘의 부푼 배에다 대자 서로 흠칫 놀라는 두 여자.

여자   (이기죽대기 시작한다. 칼멘의 손을 맞잡으며) 점점 도망가고 싶
어질 건데… 어쩌냐 이 앙까이. 여기서 저기까지… 아줌
마 심심할 때 파봐. 심심하지는 않을 거니까…

두 여자 사이에 함박눈만 소리 없이 내리고
경찰들이 형을 끌고 언덕을 넘어가고 있다.

칼멘이 우뚝 서서 비명을 지른다.
모두 비명을 지르는 칼멘만 쳐다 볼 뿐
여기 어느 누구도 사내의 끝에 눈길을 주지 않는다.

5. 자기장, 욕망의 중심축

낮은 언덕 위에 '주의사항' 줄은 그대로 걸려있다.

여전히 사내의 끈은 세상 속에 걸려있고

죽은 사내의 곁에서 황태를 널고 있는 칼멘.

(칼멘은 자주 발이 딛고 선 땅을 내려다보고 조심조심 걸어 다닐 것이다)

저 아래,

난은 신문을 고아놓은 돌을 이렇게 저렇게 옮기는데 몰두하고

매는 작은 비닐천막 안에 몸을 반쯤 넣어서 식물들을 관찰하고 있다.

국은 투견장 철창 비깥을 한 방향으로 계속 돌고 있다. (황태를 서로 부닥쳐 딱딱 소리를 내면서)

칼멘　　너덜을 하날 높은 데서 보뮌… 베랑 끝에 줄지어 올려놓고 한 놈쓱 딱 나뿔고 풀기다.

남자의 트럭, 시동이 꺼지는 소리.

점점 신경질적인 말이 오고 간다.

국	저기 말짱하게 생긴 놈… 뭐하던 놈이래?
매	씨발. 뭐하던 놈이건…
국	아니… 그냥…
매	씨발. 저기 너머로 등용한 놈… 지금 알아서 뭐하게?
국	(돌던 방향을 바꿔 돈다) …
매	씨발. 개는 없이 빈 트럭만 왔나보네.
난	씨발. 심심해 죽겠다.
국	씨발. 죽어서 할 일 없이 심심한 거보다는 낫다야.
매	그럼 알렐루야.

경찰 2가 먼저 언덕을 올라온다.
칼멘의 혼잣말을 알아듣지 못한 듯,

경찰 2	이 아줌마… 죽인다. 그걸 거기 막 널면… 어떡하나. (쳐진 줄 가리킨다) 이거 안 보여? 신고했어요? 번호 뭐야? 어디서 왔어? 필리핀? 캄보디아? (얼굴을 본다) 그건 아닌 것 같고. 중국? 장가계 알아? 장찌에? 근데 거기 자동계단은 막… 왜 깔았대? 올라가는 재미가 없잖아. 사진만 막 찍으라고… 깔았나? 너무 오버한 거 아니야? 그거 그 자동계단… 안전하긴 하대?

경찰 1, 언덕을 올라 온다.
반대편에서 천천히 돌아오는 남자.

57

경찰2 (널려있는 황태를 가까이서 본다) 쭈욱 줄 딱 맞춰 잘도 널어놓았네. 이거 어떡하나… 아줌마 풍장 알아? 풍장… 두 가지 방식이 있거든. 하나는 막 죽으면 그대로 바람에 잘 내놔. 하나는 시체를 화장한 뒤에 막뼈를 잘 빻아서 바람에 휙 날려 보내. 둘 다 관을 짤 필요가 없네. 듣고 있어? … 아줌마가 뭘 알고 너는 거겠어.

경찰1 … 뱅뱅 돌게 생겼다.

경찰2 어때? … 기미가 있어?

경찰1 아무리 생각해 봐도… 큰놈이… 미친 척 던진 거 같은데.

경찰2 없어?

경찰1 개싸움 붙일 때 개새끼들 물에 타 먹이는 정도.

경찰2 안 되는데… 덩어리를 잡아야… 우리도 덩어리 덕 좀 보지.

경찰1 큰놈 이거… 장난친 거 아니야?

경찰2 우리한테 장난치는 놈이… 있을 수도 있지.

경찰1 … 3박 4일 돌린다면서… 사람들이 왜 이리 없어.

남자는 사내가 목을 매달았던 나무 옆에 서서.

남자 (혼잣말처럼) 죽어서도 새끼야… 여기는 벗어나야지… 침묵 속에 들어가 앉으면 다야? 새끼야… 이제 좀 덜 불안하고… 덜 불편하고… 씨발. 나 여기 있다… 이렇게 끝이 나버렸네… 나 여기서 끝이 났거든. 전시하나? 이렇게… 울지 말자… 상투적인 현실이란 게 있다. 내장이라도 꺼내 팔아야

하는 토끼 같은 신세가 있더란 말이지. 내가… 번호판도 없는 트럭 들고 투견판 들락날락거리면서 개새끼들 실어 나르고 몇 푼 벌게 될 줄… 나는 몰랐거든. 투견판 들락날락거리다가 빚더미 끌어안은 인생들 개새끼들이랑 졸라 섞어 싣고 인간시장에 팔려나갈 줄… 나는 몰랐거든. 고장이 나고 틀어져야 세상을 알게 된다는 걸 나는 몰랐거든. 알았다면? 알았대도… 별수 없이 상투적인 현실이란 게 있네. 씨발. 이제는 내 맘이 네 주위를 뱅뱅 돌게 생겼다 새끼야. 망하라고 죽으라고 여기다 데려온 거 아닌데… 결과적으로… 졸지에… 씨발… 저승사자 된 거 맞네.

남자는 죄책감에 어쩔 줄 몰라 한다.
상수는 형을 찾아 이리저리 돌아다닌다.

상수   사내가 죽던 어젯밤… 형은 왜 사라진 거야? 누군가 형이 사라지길 빌었기 때문이야? 그럼 난… 형을 돌려달라고 어디다 빌어야 하지? 개새끼들한테 빌어야 돌려줄까? 난 본전도 못 찾을걸.

다시 황태를 줄 맞춰 너는 칼멘.

경찰 2   (남자를 발견하고 놀란다) 여기 막 오시고 그러면 안 되는데… 오고 싶어도 당분간은 여기 막 오고 그러지 마세요.

경찰1 멀쩡한 사람도 여기 오면… 멀쩡치 않은 자신과 마주보는 그런 곳입니다.

경찰2 볼 거야… 많지요. 밤엔 보이지 않던 것들도 더… 막 보이고 그래요. 귀신도 아닌 것들이… 막 모여들어서… 한판 벌이고 사라지니까… 그물 갖고 있어도 덮치고 싶지도 않아요. 귀신은 거침없이 막 흘러다니니까…

경찰1 누군가가 자기 밤을… 망치든지 말든지 우리가 책임져야 할 이유는 없지.

남자 본인들은… 뭐하는 분들이세요?

경찰2 뭐하는 분이라니요?

남자 여기서… 뭐하시냔 말입니다.

경찰2 사람들의 대체적인 불안… 뭐랄까. 불안을 관리한다고나 할까. 불안을 잠시 다독이고 월급을 받는다고나 할까. 막히네… 뜬금없이 물으니까…

경찰1 저 아줌마 좀 말려.

경찰2 저기요 아줌마. 안 들려? (가라는 손짓을 한다) 좀 가… 가라고… 딴 데 가서 널라고.

칼멘은 언덕 아래로 내려간다.

경찰들도 언덕 아래로 내려간다.

언덕을 내려오던 칼멘과 마주치는 박씨.

박씨 (느리지만 구구절절하다) … 이씨 글마한테… 내가… 줄 똔

을 몬 줘서르… 칼멘님을 여기 일 시키무러 팔아뭈다캐
쌓는데… 고거야말로… 말도 아이라. 으떤 쎄빠질 놈이…
지 부인을… 일 시키무라꼬… 팔아묵는다카노. 내가… 이
씨 그놈 아한테… 줄 뜬이 있긴 하지만도… 내맨치로 몬
생긴 놈이… 칼멘님을 만나서… 만난 지 두 달도 안돼갖
고… 애 아빠까지 된다카는데… 눈 안 돌아가는 게 이상
한 거 아이요… 내 말이 영… 아인 말은 아일낀데… 여
기… 부인 있는 놈은… 그라고보이… 내밖이 음네. 내가
지은 복은 쪼매 있싰는가배. (두 손으로 얼굴을 가리고 클클 웃
는다)

칼멘   …

칼멘은 속을 다 훑은 명태를 하나씩 짚으로 묶는다.

박씨   (다시 시작한다) 그 돈이… 은젠가부터… 이씨가 들고 있는
다캄서… 자꼬 수첩만 보여줘 싸… 그라다만… 내보고 자
꼬 투견판 돈이 모질라다 캐싸… 왜 저 이바구를 내한테 하
꼬… 몇 번 그래쌓드만… 이씨 글마가… 또 내보고… 이래
싸… 하루는 빌린 거데이… 하루는 빌리줬데이… 그라다만
수첩에 막 적어싸… 아모튼지 간에… 돈하고 부인하고 바
까치기한 거 질대 아이라. (귓속말처럼) 절마들을 조심해야 돼
요… 질대로 가까이 오라케도 가지도 말고… 내가 옆이 딱
붙어 있을 기니까네… 절마들은 인간이 아이라.

칼멘의 등을 두드리자 칼멘이 박씨를 마음 없이 본다.

박씨는 칼멘 옆에 바짝 붙어서 재롱떠는 아이처럼 그렇다.

칼멘이 말을 알아듣지 못한다고 생각하니 더 애틋하다.

상수가 여기저기 사납게 돌아다니고 있다.

매	박씨야… 저기… 보이냐?
난	몇날 며칠을 저리 막 싸돌아다닌다.
박씨	상수가 와…
국	큰놈… 이씨가 작업한 거 맞지?
박씨	이씨가 와…
난	침묵이 결국 사고를 부른다고… 미리 겁내야 하는 거 맞지?
매	박씨야. 세상을 향해 뚫린 구멍들을 한꺼번에 닫고… 생각을 지나치게 많이 하면… 어찌 될까… 생각해본 적은 있냐?
박씨	음는데…
난	큰놈은 누구랑 작업해서… 얼마를 받고… 경찰에 넘겼을까?
박씨	이씨 글마가… 아무리 그래도… 그럴 리는 읍다.
국	얼마 안 남았어… 계속 우길 거면 우기든지…
난	상수는 괄호를 딱 치고 속에 들어앉아서… 답이 없다. 불러도 불러도… 내다보지도 않아요.

칼멘은 피가 굳어 닦이지 않는 철창을 닦으면서 솔깃해 있다.

박씨가 칼멘의 등을 두드리고 칼멘이 박씨를 마음 없이 본다.
박씨는 칼멘 옆에 바짝 붙어서 재롱떠는 아이처럼 그렇다.

국   말끔한 새끼 목 걸던 날 새벽에… 경찰들 사복 입고 온 거
      다 봤다.

박씨   느그 단체로 꾼 꿈 아이라… 어데… 바람 보러 갔겠지.

난   경찰 가는 길에 큰놈은 왜 따라갔을까.

박씨   와 이래케싸…

난   경찰 가는 길에 큰놈은 왜 따라갔을까.

박씨   와 이래케싸… 느그 심심해서 이카나?

매   잘 생각해봐라… 개뼈다귀와… 사람 뼈다귀를 섞어 놓으
      면… 그냥… 뼈다귀모임이구나… 하겠지? 쓸 만큼 써먹
      고… 싸우다가 죽든… 병들어 죽든… 어쩌다가… 실수로
      죽든… 어디다가 묻어야 되겠지.

난   니 누구편이고?

국   여기가 지뢰밭일까? 앙까이 밭일까?

박씨   말도 아이라. 너거들이 단체로 하도 심심해갖고 지어낸…
      이바구 아이야?

매   니 앞날이… 감감하다.

조금 떨어져서 박씨는 헷갈리기 시작한다.

박씨   (낮고 확신) 은제였드라… 어린 얼라 둘을 데불고 온 앙까이

가 있었거등. 이씨 글마가 한창 장사가 어려블 땐데… 그
새벽에 절마들이 그 앙까이를 저짝 철창 너머로 막 끌고
가는기라… 셋이서 하나를… 불빛이 안 비치는 데로 끌고
가디만 사라지삐… 그기 저짝인데… 그때는 절마들이 자
동차를 몰고 다니미 떼돈으로 판돈 걸었던 놈들이거든.

자루 두 개를 양손에 들고 들어오는 창강.

국   창강아… 막도장 사건 말했던가?

매   또 신문쪼가리에서 읽은 거 아니냐?

난   … 쭈글시러븐 줄도 모르고.

국   ('창강' 들으라고) 막도장을 잠깐만 빌려서 잘 보고 돌려주겠
     다고 해.

매   누가?

국   그 사람의 인권도 있으니까… 어떤 놈이라고 하자고.

난   우습다야. 니가 지금 누구 인권 챙겨줄 상황이야?

매   빌려달라는 놈을 잘 봐. 특히 별 거 아닌 걸 빌려달라는
     놈. 뭔 맘으로 빌려달라는지… 모르니 당하는 거.

난   … 도장이… 요렇게… 웅? 뜨끈하게 데운 돌멩이 하나에
     겨울을 나는 상황을 빚어버렸네.

매   어떤 놈이… 부드럽게 다가왔겠지?

국   그랬지.

매   악의라고는 한 줌도 담지 않은 얼굴로…

난	끝이 뻔한 걸 본인만 몰라요. 그게 여기 우리 모두의 문제라면 문제지.
국	부주의가… 다 망쳐버렸네.
창강	어드렇게… 악의로 가득 찬 스나이를… 당해낼 스나이는… 없슴다.
난	어드렇게… 악의로 가득 찬 스나이를… 만난 게… 문제라면 문제지.
매	복수하러 갈까? 그 어떤 놈… 우리 서로 복수해주자야.
국	처음에 잠자다 발딱 일어나서 앉아 혼자 떠드는 거야. 잠결인지… 아무렇지 않은 얼굴로 막도장을 빌려달라는 장면으로… 자꾸만 되돌려.

싸락눈이 얼굴에 부딪히자 모두 놀란다.

매	뜬금없이 눈이 내리냐… 징그랍게.
국	(고개를 젖혀 하늘을 본다) 저기서 여기로… 마구 던지신다.
난	(같이 고개를 젖히면서) 그러시구나.
국	이런 게 징후란 거다… 뜬금없이 내리잖냐.

어느새 사복경찰들도 이들의 무리에 끼어든다.

매	갈증 난다… 간식 하나 하자.

작은 비닐천막 안을 들여다보는 매.

매   추워서 그런가… 절반은 썩었다.

잘게 자른 대마 잎을 가져오는 매.
담배꽁초들을 여러 개씩 나눠 준다.
끄트머리에 남은 담배가루를 통에 담는다.
담배가루를 섞어 한지에 만다.

매   씻어서 말려서… 다시 말아.
창강   쑤레미(쓰레기)를 되비 맙까?
난   … 꿈이 뭐냐?
창강   애꾼(사기꾼)이요.
국   역시… 젊어. 꿈이 크고 넓다야.
난   꿈을 만다고 생각해. (금방 말린 담뱃잎을 섞는다)
창강   돈나무… 아입까?
난   불법이 막강한 땅에서는… 불법이 마구마구 자라난댔지?
국   위로가 좀 필요한 사람들이야. 우리 모두…

하나씩 나눠주고 불을 붙이는 매.
나눠 피는 유기인 분들.
'난'과 '국'이 경찰들을 발견하고 매를 말리려 하자
그냥 놔두라고 손짓하는 경찰1.

경찰2　괜찮아.

경찰1　사실 땅에서 스스로 나는 불법이요 하고 자라나진 않지. 이게 다 단속하는 이유가 있어요.

경찰2　모자라… 더 걷어야 할 때… 걷기 위해서… 단속을 하러 막… 쫓아 댕기는 거지.

경찰1　수금의 일종이야. 그러니 가슴을 졸일 이유가 없다. 오늘 우리는 이 자리를 깔끔하게 지우고 나갈 거니까…

경찰2　우리가 궁금한 게 생겼어요.

난　무엇인지…

경찰1　큰놈이… 분명히 덩어리가 있다고 큰소리를 쳐서… 이씨를 떠봤는데… 여기다 영업 비밀을 터놓긴 뭣하고… 개새끼들한테 잘 싸워달라 먹이는 극소량 가루밖에 없네. 개새끼 응원 차 먹인다는데…

경찰2　막 잡기도 뭣하지. 우리는 의무적으로… 덩어리를 찾아야…

난　아… 큰 걸 걷으러 오신 거구나.

경찰1　혹시 아는 것이 있으면…

경찰2　오늘 이 자리는 막 지워놓고 나갈 거니까…

경찰1　(창강을 보며) 북쪽 말투 쓰는 쟤… 뭐하는 놈이야?

난　소금하고 똥자루… 두 자루를 양손에 들고 다니죠.

경찰1　씨발. 뱅뱅 도는구만.

철창을 닦고 있는 칼멘을 발견하는 경찰 2.

놀라 피격질을 시작하는 칼멘.

경찰2 아줌마… 거기서 또 뭐해? 또 보란 듯이 닦고 있네. 아줌
      마 심심해? 철창 세어 봤어? 몇 개야? 담에 와서 묻는다.
      내 눈 마주치면 몇 개인지 말해야 돼.

경찰1 쓸데없이…

경찰2 불안을 다독이는 데는… 막 이런 쓸데없는 말이 좋아.

경찰1 (거스를 게 없다는 듯이) 이게 머시라?

난   장미군… 장미목… 삼과… 삼속…

매   대마라고도 부르고…

경찰2 우리끼리… 부정적인 말은 하지 말자.

국   갱생… 담배가루의 갱생…

경찰2 그만… 덩어리나 좀 나와 달라 빌어라.

칼멘이 창강에게 다가와 천원을 내민다.

창강 (한 대 준다) 요 깍재이 아주마이… 어버리크다이.

국   앙까이가 한 달 새… 이게 지나치게 담대한데…

난   왜 이런 것도… 얼마 안 남은 징후냐?

한쪽에 쭈그리고 앉아 대마초를 태우는 칼멘,
메스껍던 속과 피격질이 멈춘다.
따뜻하게 데운 돌을 들고 칼멘의 몸을 어루만지는 '매난국'.

매	보기에 어여쁘구만.
국	(부른 배를 몸짓하며) 얼마 안 남았지 싶은데… 예의는 있지. 우리가.
난	보름 남았다에 10.
국	보름하고 이틀 남았다에 30.
매	…
국	일주일 동안 한 놈씩 돌아가면서… 앙까이의 밤을 따닷하게 덥혀야지.
난	저년이 복을 허구허구 지었나보네.
매	… 분명히… 본 낯이다.

이씨가 들어오자 모두 다 그림처럼 정지한다.

| 이씨 | 너거는… 참말로… 성의라고는 찾아볼 수가 읍는 꼬라지들이야. 너거는… 집단적으로다가… 여기를 킬링(힐링)캠프라꼬 생각하는갑는데… 방구디를 파서 묻었삐도 어느 누구 하나 찾을 리 읍는 껄뱅이들이라꼬. 지 인생을 딱 앞에 놓고 야리고 싸워 이겨보라카는 넘이 한 넘도 읍어. 딱 깨놓고 말해써… 너거들을 유기인이라꼬 안 카드나? 사회가 감당 못해써 뱉었삔 놈들을 내가… 거둔 거 맞대이… 아나? 물었으면… 뭐라도 와야지. 오는 기 읍네. 에라이 썩어 문드러질 시키들. 암것도 못보구로 눈까리를 콱 쪼싸삐까. 개밥에 비비갖고… 개시키들 주기에도 양에 안 |

차는 시키들. 아나. 소금이나 마이 쳐무라.

이씨 자루 하나를 털어 소금을 휙 뿌리고 밖으로 나간다.
박씨는 졸레졸레 뒤따라 나간다.
그림에서 풀려나는 '매난국'은 이씨를 따라나간다.

창강은 칼멘의 몸을 더듬어 돈을 찾는다.

창강 싸람이 싸람을 찾는데 돈이 많이 든다. 아즈마이… 내 꼭
쌍디이 성 찾아줄 테이… 오날 내 주머이가 빈 깍지요.

칼멘이 저항하자 창강은 힘을 쓴다.
박씨가 뛰어들지만 창강의 상대가 못 된다.

박씨 고마 안 하나. 이기 사람 꼬라지인 줄 알았디만. 똑 개꼬라
지 값 하네.

창강 다시 뒤지는데 박씨는 어쩐지 언성만 높인다.

박씨 니 내가 누군지 진짜로 모리나? 이씨랑 어떤 사인지도 모
리고 덤비는 기가… 이라다 다신 이 짝에 발도 몬 딜여 놓
는 수가 있데이.

멈출 리 없는 창강은 막무가내다.

박씨   (돈을 꺼내며) 아나. 내가 주께. 을마믄 되겠노. 을마라.

창강은 주는 돈을 받고도 칼멘을 향한다.

박씨   (달려들며) 이 미칭개이가… 와 이라노.
창강   (한 손에 칼멘, 한손에 박씨 멱살 쥐며) 아주바이… 내 꼬락사이
            가… 요기 찌웃거리다 개짝나게 생겼소.
박씨   야가 뭐라? 몬 알아든겠다.
창강   니는 이 앙까이나 잘 간수하라. 비싼 돈 줬지 않나.

칼멘의 극약주머니를 창강이 뺏어낸다.
극약주머니를 되찾는 칼멘.

가방을 든 상수는 형을 찾으러 돌아다닌다.
개싸움 같은 광경을 보고 뛰어든다.

박씨가 창강을 누르자 재빠르게 창강의 손에서
자신의 돈을 되찾아 옷매무새를 다듬는 칼멘.
이씨가 이들의 싸움터를 지나가고 있다.

창강   (칼멘 다리 잡고) 요 앙까이 민얼굴 드러난다이. 지 뱃속에 썩

은 물처러미… 저 뱃속이 얼라시키라? 거집뿌리다. 썩은
물이 한까득이라…

지쳐 나앉은 상수의 시선을 피하며 슬쩍 지나치는 이씨.

창강   (상수에게) 마 새피지 말고 너는 빠지라. 싸구쟁이덜이 입만
크다이. 맥없이 숨대 끊어지기만 기달리는 냄들. 내 이씨 아
주바이하고 큰 사업 할 기니… 너들… 싸람 장사… 아나?

박씨와 상수를 개 다루듯 손짓만으로 떼어내는 이씨.

이씨   니 머라켔노?

창강   (무릎을 꿇으며) 본국에선 말임다. 더 크게 벌릴 수 있단
말임다.

이씨   (안다는 듯 끄덕인다) 내 지금 가진 게 을마 읎다. 저짝에 가서
선불 믄저 챙기라.

창강   고맙슴다.

창강은 뒤쪽 투견장으로 간다.

이씨   큰 쪼다 방망이는 아직 책 보나?

상수   …

이씨   드가앉아 책 본다꼬… 여서 본 기 맘대로 읊어지긌나?

상수   … 형이 없어요.

이씨   뭐? 누가 아는 사람은 음꼬?

칼멘 피걱질이 시작된다.

상수   (나가면서) 아무도 찾는 사람이 없네요. 개들도 암묵적인 합
         의라는 게 있대요.

이씨   (박씨에게) 니… 은지… 가시나랑… 하루라도 살아봤나?

박씨   아… 아이라.

이씨   아이제?

박씨   진짜 아이라.

이씨   니가… 땡빚을 내서 데꼬 왔시믄… 니 재산 잘 지키는
         기… 안 좋겄나. (명태를 들며) 때깔이 마 직인다. 절마들 믹
         이야 안 하겄나. 우리 피플들… 잘 싸울라몬.

이씨는 제 갈 길을 간다.

박씨   (느리지만 구구절절하다) 이씨 절마한테… 내가… 줄 똔을 몬
         줘서르… 칼멘님을 여기 일 시키무러 빌리줬다캐쌓는
         데… 고거야말로… 말도 아이라… 으떤 쎄빠질 놈이… 지
         부인을… 일 시키무라꼬… 빌리준다카노… 내가… 이씨
         그놈 아한테… 줄 똔이 있긴 하지만도… 만난 지 두 달도
         안돼갔고… 애 아빠까지 된다카는데… 눈 안 돌아가는 게

이상한 거 아이요. 내 말이 영… 아인 말은 아일낀데…

칼멘 피걱질에 피를 뒤집어 쓰는 박씨.

박씨   이기… 뭐꼬. 피… 피… 우짜지? 우짜노.

박씨는 허둥지둥 나가고
칼멘, 대마 잎을 모두 뜯어 먹는다.

칼멘   (작은 소리로) 요 동자구이 에무나이도… 댐뼈락 넘어로 목
소리이 안 나가게… 버버리 에무나이도… (부풀어 오른 배를
만지면서) 니가 간난이가 앙이라 엄마나 좋네… 긴데 상기
도… 안 내리가고… 말째다… 피꺽질이 배때 지속이 돌풍
이 된나? 어케 내리는 가갔나? 배떼기 속이 있는 거이 간
나라고 내 주뎅이로 말한 즉 읍다… 다 너덜 생각이 잘못
돌아간 게이지… 간매독이라 아나? 더런 균이… (배를 감싸
쥔다) 더런 물이 요게 배떼기 속이 한까득이다… 이 에무나
이… 배떼지 속이 더런 물로 한까득이라… 너들은 요 더
런 물보단 억만 배는 더런 즘생들로 뵈이니… 거나 여나
싸람 아이기는 한가지구나… 내는… 여기서… 벵들어 뒈
지나 지뢰 밟아 뒈지믄… 돌아가지도 모다고… 쌍두이성
만날 꿈은 이루지도 모다고… 기양 지뢰처러미 강생이처
러미 묻힐 기니… 어카니? 요 물텅구리 겉은 에미나이를

74

어카니…

사내가 개의 형상을 하고 나타난다.
사내 개가 나무에 힘들게 자신의 미래를 걸어둔다.

칼멘 관도 예의도 없이 걍 흙 파서… 아자씨는… 어이 갔소? 무
더기비 쏟는 날 울어머이도 갑재기 묻고왔시오… 쇠대지
처르미… 기양 묻고 왔시오. 텔레비를 보이 뭔 역벵이 돌
았는가 모르지만… 안직 아프지도 않은 쇠대지도… 옆파
리에 있는 쇠돼지가 아프다는 것만 알아도 통구걸이 땅
파서 묻습디다래… 그시기 비명처럼… 아자씨는 목이 꽉
멕혀… 맴속으로 비명 한 번 션하게 질르고 갔시꺄? 누구
가 지대로 된 관이라도 하나 사서 잘 닫아줬시꺄? 매독균
이 배때지 속이 한가득이래도… 관처럼 닫긴 여기 주둥아
리 열고… 행보가게… 따급게… 싸람답게… 쌀고품다.

6. 작은 천칭 戥

낮은 언덕 위에는 여전히 사내의 끝이 걸려있고
'매난국'은 침낭 속에 자는 듯이 누워있다.
비닐 천막 속에 몸을 반쯤 넣고 있는 칼멘.

이씨와 부인은 심각한 모습으로 들어온다.

트럭이 달려오다 브레이크를 밟고 어딘가 부딪히는 소리.
덜덜 거리는 엔진 소리, 상수 다리를 절며.

상수 형 지금부터 냉철하게 형이 답해야 할 게 생겼어. 잘 들
어 들어야해. 피하지 마. 트럭 짐칸에 숨겨둔 게 뭐야? 형
이 타던 트럭 짐칸 말이야. 형을 찾으러 나갔다가 사고가
났어. 벽에 붙은 볼록 거울 속에 화가 난 개새끼 한 마리
를 봤고 브레이크를 밟는 바람에 다리를 다쳤지. 다시 시
동을 거는데… 자꾸만 짐칸에서 신음소리가 나. 지금 난
두 눈으로 본 것에 대해 이야기하는 거니까… 개만 있었
을까? 물어뜯겨 죽기 직전의 개들만 있었냐고? 사람들…
껍데기 홀라당 벗겨 어딘가 넘겨질 사람들… 내 눈을 쳐
다보지도 못해. 살려달라고도 못해 부끄러워서… 죽어가

는 개들이랑 뒤엉켜서 속으로 짖어. 씨발. 내가 본 게 뭐야? 대체 형은 뭘 어디까지 아는 거야? 언제부터 이씨에 순종하는 개새끼가 된 거야? 아니지 형… 형이 그럴 리가 있어? 씨발. 지랄발광 짖던 끝에 상대를 문 개새끼도 순간 심했다 싶음 멈춰. 짖는 것도 멈춰서 눈꼬리를 내려. 숨을 속으로 고른다고… 미안함이란 게 있어. 씨발. 개새끼는 개새끼로부터 나온다 씨발. 형 우리는? 우리는 어디서 온 거야? 씨발. 헷갈려 미치겠네.

대마잎을 훔쳐오던 칼멘과 마주친 상수.

상수 아줌마 지금부터… 난 아줌마가 말을 하든 못 하든… 그런 건 안 물을 거예요. 난 본전이란 것도 없나 봐요. 그러니까 나는… 무슨 말인지 알 거예요. 한 가지 확인이 필요해요. 아줌마는 답해 줄 수 있을 거예요. 그죠? 우리 형… 봤어요?

거의 부인이 혼자 쏟아놓는다.

부인 제가 아무도 모르게… 조심하라고 하지 않았었나요? 제 말을 어떻게 들으신 거죠? 불법을 몰래 하실 거면… 정말 몰래 하셔야지. 사람도 자꾸 죽어나가고… 놀라서 죽겠네. 돈 들어서 땅 좀 밟아야겠어요.

이씨　　맨날 천날 소금을 뿌리긴 한데… 모질라능가?

부인　　이 짠내가 소금 때문이었구나. 싸구려 소금을 뿌린다고…
　　　　　놀란 땅이 달래진다고 생각하세요?

이씨　　천연소금은 비싼데요.

부인　　전 이 땅이 오염되는 게 싫어요. 죽기보다… 곱게 쓰고 나
　　　　　가시라고 지난번에 말 안 하던가요?

이씨　　하싰든가?

부인　　경찰들이 왜 이렇게 자주 들르는 줄 알아요?

이씨　　…

부인　　일이 더 커지지 않게… 저들이 찾는 게 있으면 숨겨요. 절
　　　　　대 들킬 리가 없는 그런 곳에… 사람들 입을 좀 관리하시
　　　　　든가. 지뢰밭이니… 이젠 앙까이밭이니… 놀라서 죽겠다
　　　　　니까. 파봐서 아니면 책임지실 거예요? 또 돈 들이라는
　　　　　거네. 여긴 은밀한 게 없어요? 다 드러나고 그래. 촌스럽
　　　　　게…

이씨　　드러나는 건 촌스럽지요.

상수　　내가 아무것도 몰라서 이러는 줄 알아요? 나중에… 언
　　　　　젠가 형을 만나더라도 내가… 왜 우리가 이런 꼴이 되었
　　　　　는지 설명이 필요하잖아요. 누가 여기 우리를 데리고 와
　　　　　서… 던져놨는지… 꼭 알아야겠어요.

부인　　좀 조용히 빌려 쓰다 나가시라고요. 부정적인 생각을 많
　　　　　이 하면… 늙어요. 뇌가 있으면 생각이란 걸 해보세요. 밤
　　　　　에 귀신처럼 모였다 나간대서… 빌려 드렸는데… 일단 기

간을 정하진 않겠어요. 쓸데없는 소문이 퍼져나가면… 이
땅이 쓸모를 잃어요. 제가 그 꼴을 볼 사람으로 보여요?
즉흥적으로 하루 날 잡아서… 낮에 싹 쓸어버릴 수도 있
어요.
아드님의 발언도… 꼼꼼하게 확인해 보겠어요. 저울에 달
아보죠. 그리고나서… 이 땅에 대해 생각해 보겠어요. 이
런 데 동물원이나 들어오면 얼마나 좋아? 하긴… 애들 손
잡고 오는 부모들이 불법이 횡행하던 곳에 뛰어다니는 동
물들을 사랑할 수 있겠어?

부인은 다시는 오지 않을 사람처럼 사라진다.

상수 개들끼리도… 암묵적인 합의란 게, 예의란 게 있대요…
사람만 예의있는 사람을 만나야 하는 건 아닌 거죠… 그
런 게… 지금 나한테 있을까요? 있어야 해… 있어야 해…
사람 꼬라지와 개 꼬라지는 달라야 하잖아요…

상수는 투견장 밖으로 나간다.
어느새 이씨가 칼멘의 곁에 와 있다.
흠칫 놀라 나동그라지는 칼멘.

흑심을 품은 것 같은 기묘한 몸짓의 이씨.

이씨   내가 저승에서 왔나. 야가 와 이래 놀라노. 쭈글시룹구로…
야야. 니 여서 머하노. 뿌리고 댕기라 할띠게 부지런히 뿌리
고 댕기야지… 안주 낳을 때 안 됐나. 맨날 그 배가 그 배고.
즉흥적으로 하루 날 잡아서… 이라다 아무것도 안 되겠는
데. (뒤에서 만삭인 배를 만지려고) 엥가히… 내가 참고 있다 아
이가. 알라는 은제 나올랑고. 니는 말이고 생각이고 그기 안
보여. 내 몸띠가 몰랑해지는 기 그 때문인기라.

이씨는 칼멘의 뒤에서 느긋하게 움직인다.
상수는 언덕 위에서 보고 있다.

칼멘은 개장 안으로 들어가 문을 잠근다.
이씨가 개장 밖에 바짝 붙어서서 돌자
부푼 배 덕분에 더 가쁜 숨을 헐떡이는 칼멘.
무서움이 머리끝까지 차오른다.

상수   (말끝을 이상스레 끈다) 아줌마… 그거 알아요? 우리 형이 해
준 이야긴데요… 기린 심장이 얼마나 무거운지… 대충 잡
아도 15킬로그램이나 된대요… 목이 길어서 적도 빨리
보고 도망가지만… 목이 길어 넘어지면 죽음도 빠르대
요… 그냥 넘어져서 죽기만 기다린대요… 심장이 너무 무
거워서 혼자 일어설 수가 없대요… 도움이 필요한 동시
에… 도움이 필요 없는 거래요… 적이 쓰러트리는 일보다

제 부주의로 쓰러져 영영 못 일어나는 일도 있는 거죠…
자기들끼리 서로 죽어가는 모습을 보기 힘드니까… 목을
빼고 멀리 바라보는 거래요. 우리, 형이 그랬어요… 결국
타고난 목이 길어 득보는 셈이라고… 죄책감에서 벗어나
는 핑계가 있어야 한다고요.

박씨가 투견판 개장 근처로
죽기 직전의 개를 데리고 들어오고 있다.
맞닥뜨리는 박씨, 이씨, 칼멘 세 사람
그들을 보고만 있는 상수, 언덕을 넘어간다.

박씨   … 아이제?

이씨   … 아이라. 내 꺼가 아이면… 니 꺼도 아이다.

박씨   먼 말이고?

이씨   즉흥적으로 싹 밀어버릴 수 있다카대.

박씨   은제?

이씨   동물원, 놀이동산 지을긴 갑드라.

박씨   어짜지.

이씨   내 꺼가 아이면 니 꺼도 아이지.

박시   어짜지.

이씨   그 여자 맘이겠지. 절마들 입 좀 관리하라 안 하드나. 절마
들 우리 속으로… 저 암캐 무그라꼬 던지삐기 전에…

겁에 질려 주저앉아서 바닥을 기어다니는 칼멘.
이씨는 흑심을 들킨 현장으로부터 벗어난다.
박씨는 개장 밖에 쭈그리고 앉아 개를 묶는다.

박씨   (궁싯거린다) 저기 미쳤나. 어데다 누구를 던짔삤다고… 같
이 있으마 잡놈들이 몬 괴롭힐끼라요.

박씨는 나가고 개를 유심히 보는 칼멘.
상처투성이 개는 푹 쓰러져 숨을 헐떡인다.

칼멘   (줄을 흔들며 말을 걸듯) 갠치 않나. 왜 기니? 재꾸 길지 말
라… 눈이 시굴다야 이놈으 새끼. 게우 이릏 쌈터에 올라
태어났네… 여겐 강생이덜인지 싸람덜인지… 재꾸 길지
말라. 일나라. 숨 쉬라. 가야지. 니 왔던 데로 가야지 않나.
침 고마 흘리고… 피 고마 흘리고… 가라. 니 쥔 찾아가라.

개가 고통스런 숨을 몰아대자 안아 준다.
개의 눈은 풀렸고 가는 신음과 숨소리만 낸다.

칼멘 극약주머니에서 꺼낸 가루를 조금 먹인다.
개의 숨소리 잦아들기 시작한다.

뒤쪽 투견장에서 사람 소린지 개소린지

서로 허공에 대고 던지는 욕망.

개가 꿈틀대자 두 귀를 막아주는 칼멘.

난이 우뚝 서서 허공에 자기 말을 던진다.

난 (다가와 그 전과는 다르게) 누가 한 말이었드라… 말없이 쳐
다보는 눈을 조심하라… 그런 놈들은 입은 없고 눈만 크
지… 어디에나 있어… 난 알아… 항상 생각 없이 스친 것
들 속에… 노림수라는 게 있다고… 난 니가 큰놈의 지하
실을 들락거릴 때부터 알았지… 값나가는 물건을 옮기고
있다는 걸… 너를 뚫어져라 살피는 이유는… 니가 가졌을
그 무엇 때문이야… 몇날 며칠 너를 살피느라 밤낮이 그
냥 간다… 아주 피곤해… 내 처지에 끼어들 판이 어디 흔
하나? 내가 너한테 볼일을 가지려는 이유는 누구처럼 푼
돈에는 관심 없어… 배 나온 몸뚱아리?… 나를 뭘로 보
고… 흔치 않은… 거래거든… 한번 올까 말까 한… (죽은 개
의 입 주위에 묻은 가루를 손으로 훑으며) 이것만 주면 깨끗이 물
러난다… 덩어리 채로 가져와… 잘 기억해라… 난 인내심
이 강해.

7. 싸람이 싸람을 수랑에 옇는다

투견이 끝나고 잠시 쉬는 시간인 듯
경찰 1, 2는 여전히 무언가 찾아다니는 눈치다.

여자 어때요? 좀… 불렸어요?

남자 …

여자 자긴 여기 사람들과 다르다? 여긴 그런 확신 같은 거 안
통하는데…

남자 …

여자 (비웃는다) 누군가의 끝은 아무나 볼 수 없는 거 아닌가?

남자 여길 나가야죠.

여자 그럴 예정이시구나.

철창 밖, 죽은 개를 묻으려고 땅을 파는 칼멘.

이씨 야야. 쟈 머하노? 쟈는 와 밥숟갈에 얹어야 끝나는 개시키
들을… 와 파묻을라카노?

박씨 말을 안 뱉는 거지. 속으로는 다 천길 만길로 생각하고 생
각하다가… 꼭 말할기라.

이씨 니가 말이 마이 는 거 보이… 생각이 머릿속으로 기어 들

어가는가배. 한 달 만에 지픈 정이 들었다 그 말이가. 조타 마… 니 앞으로 개값 5만 까라. (주위를 돌아보며) 슬슬 또 시작해보까. 차안에 기 들어가서 다들 본전 세고 있을 거 아이가.

박씨 (한쪽으로 나오며) 니는 자꾸 내를 구석팅이에 몰아세워놓고… 내를 은제까지 털라카노? 그기 은제까지냐고…

박씨가 칼멘의 삽자루를 뺏어 쥐고 흙을 덮으며.

박씨 … 재미진 이바구 하나 해주까요?

칼멘 …

박씨 엔날 저짝 동네에… 아모것도 음시… 으짜든동… 살아볼라꼬… 이쁘장한 아지매가 들어왔는기라… 묵고 살끄는 읍지… 아 새끼 둘은… 눈치읎이 빽빽 울어쌓제… 물괴기 띠다가 팔러다니는… 옆집 아지매가… 똑 안돼 보여갔고… 한날은 내 따라 댕기라 켔는 거라… 물고기 팔러다니는 거를… 은제 해본 적이 있나… 마 옆집이 아지매를 따라댕깄지… 쫄쫄 따라만 댕기면… 누가 물괴기를 사준다나… 옆집 아지매가 '물괴기 사이소'… '물괴기 사이소'… 자꼬 외치라캐싸… 고개를 오른 쪽으로 딱 10도 찜 내밀면서… 다 죽어가는 소리로… '나도요'… '물괴기 사이소'… 기어들어가야 돼… '나도요'… 저만치 앞서 가는 아지매가… '물괴기 사이소'… 이쁘장한 아지매는 '나도

85

요'… (클클클 혼자 웃는다 칼멘 그 자리를 피한다) '나도요'… 우리 칼멘 아지매도 '나도요'…

박씨가 뒤돌아보면 칼멘은 이미 자리를 떠난 후다.

경찰2   판이 점점 커진다. 얼마나 잃었게?
경찰1   일단 계속 커지게 두고. 대충 보고나 하고 오자.
경찰2   … 따라와. 가자고… (그 자리에 멈춘 경찰1에게) 안 가?
경찰1   끝까지 뱅뱅 도는구만.

지친 몰골로 들어온 국은 졸고 있는 난을 툭툭 찬다.
국은 난을 그대로 들어 자리를 옮긴다.

국   참 엉성하네. 너는 먼 꿈을 꾸길래 입이 두 자는 찢어져있냐. 한 판 하고 있었냐?
난   박씨 말이야. 나도요… 나도요… 말 재미지게 잘하신다. 지금부터 만만하게 볼 인간이 아닌 거지.

낡은 투견장 철망 바닥 위에 선 상수와 매.

매   그러니까… 다시 말해서… 난 여기서 개똥을 치우고 있었어. 내 기억력은 그다지 믿을만하지 않아. 보름은커녕 일주일만 되면 내 머리는 텅 비어. 아니 어디서부터 오는지 알 수도 없는 불안과 흥분이 꽉 들어차. 니 형이 왜… 어떻게 사라졌는지… 그걸 왜 나한테 묻지? 니가 아무리 입에 힘을 주고 물어도 나한테는 울림이 없다. 그 삽으로 내 머릴 쪼개서 들여다봐라. 니가 원하는 답이 있나 없나. 분명하게 해둘 건. 니 형은… 니가 생각하는 만큼… 멋진 놈이 아니라는 거.

상수　짖지 마요. 짖지 말라고. 다들 왜 이래…

매　기다려라. 언젠간 돌아온다. 여긴 자기장이 센 곳이니까… 느긋하게… 니 자리를 지켜. 지금 니 표정과 생각은 니 형한테나 어울려.

상수　(삽을 들며) 형은… 당신들이… 자기 미래를 걸어놓고 기대에 부푼 당신들이… 세상 밖으로 나가 사람답게 살길 바랬어. 내가 두고 온 가방에 돈이 좀 있어. 전 재산을 주는 거야… 형이 어디에 있는지… 알지? 알 거야.

매　재밌어… 역시… 여기서 많은 걸 배워. 재생… 널 향해 던질 수 있는 말은… 이거 딱 하나다. 그날 밤 경찰들이 왔다 갔지. 이상하게 니 형이 따라가더라고. 아름다운 청년이었다면 누군가 올가미를 씌운 거고… 덜 아름다운 청년이었다면 누군가 고발을 한 거지. 말하고 보니 거기서 거기네.

상수　누가… 도대체 왜?

매　내 기억은 거기까지다. 내 몸엔 생각이란 놈이 이미 등용하고 없어. 니 가방을 언제 가져올지나 잘 생각해. 가도 되지?

상수　… 이씨 맞죠?

매 　 … 그걸 알면… 더 비싼 거래를 했겠지.

상수 　 (삽을 들며) 말해. 니 본전 박살나기 전에.

매 　 꼭 누구처럼 말하네. 니가 나를? 그럴 수 있을까나?

상수 　 할 수 있어. 보여 줘?

매 　 (흠칫한 후 야비하게 변한다) 너나 나나… 저 놈들이나… 참 그래. 비슷해. 그런데 상수야. 나라면 말이다. 이미 끝장을 봤겠지.

매는 제 갈 길을 찾아 나간다.

멀지 않은 데서 개 짖는 소리.
여자는 투견장 안으로, 남자는 도망가는 눈치다.
사람들이 투견장으로 들어가면 소금을 뿌리는 칼멘.

'난국' 슬슬 장난기가 발동하는 눈치.

난 　 (위협하듯이) 정지… 서. 서라고.

국 　 (박수를 친다) 밟았다. 밟았다.

놀라서 그 자리에 서는 칼멘.

난 　 앙까이가 뭔 말인지 알아들을까?

국 　 아줌마 멍청하게… 뭐 밟은 줄 알아? 절대 움직이지 마.

발 떼면… 세상이 싹 날아간다.

난   꼼짝 말고 서 있어.

매   (갑자기 끼어드는) 미리 알렐루야.

'매'가 눈짓하자 '난국'이 일어나서 따라 나간다.

가만히 서서 땅바닥을 보고 선 칼멘.

상수가 들어와 칼멘 앞을 막아선다.

놀라 겁먹은 칼멘을 달래는 부드러운 목소리.

상수   우리 형… 어디 있는지 알죠?

인이 밴 듯 바깥쪽으로 양손을 말아 쥐는 상수.

상수   (따듯하게) 우리 형… 봤어요?

칼멘   (도리질 한다) …

상수   우리 이씨가… 그랬다고 사람들이 그러죠?

칼멘   (겁에 질려 있다) …

상수   … 이씨 맞아요?

칼멘   (고개를 끄덕인다) …

상수   확인하는 거니까… 형을 고발한 게 이씨 맞아요?

칼멘   (눈을 감고 고개를 끄덕인다) …

상수   아줌마는… 알아요.

칼멘   (도리질한다) …

상수   칼멘이라고 했죠?

칼멘   (도리질 한다) …

상수   아줌마… 제발… 여기서 빠져 나가요… 더 있으면… 복잡해져요… 여기저기 무자비하게 움직이는 물체들 사이에 아줌마처럼 멈춰 있는 물체가 있다고 쳐봐요… 움직이는 게 위험할까요? 멈춰 있는 게 위험할까요? 아줌마가 위험해요. 생각하느라 멈춰있으니까… 해가 뜨기 전에… 여기서 나가요. 바보처럼 여기 붙박이로 서 있다가… 끝장나기 전에…

칼멘이 결심한 듯이 상수의 손을 끌어와 손바닥에 쓴다.
한 어절씩 따라 읽는 상수.

상수   … 싸람이… 싸람을… 수랑에… 옇는다?

우뚝 서 있는 듯 홀가분해진 칼멘.

상수   … 소금자루… 저 좀… 빌려주세요.

인이 밴 듯 바깥쪽으로 양손을 말아 쥐는 상수.

칼멘은 자신이 들고 있던 자루를 건네주고

상수와 칼멘은 서로 반대편으로 나간다.

잠시 후.

소금자루 끌고 들어오는 상수.
따뜻한 물이 가득한 고무 욕조 앞에
무릎을 꿇고 앉아 소금을 물에 조금씩 푼다.
어느새 그 많던 소금이 사라지고 없다.
상수가 고무 욕조 안을 물끄러미 들여다본다.

이씨가 고무 욕조 안에 맨몸으로 들어간다.
언덕에 올라와 황태를 하나씩 널고 있는 칼멘.
(황태가 빡빡하게 죽은 사내와 나란히 걸려 있게 될 것이다)

이씨   따닷하이 직이네.

상수   노곤해지고… 어지럽고… 깊이 깊이… 잠이 올 거예요.

이씨   공기는 찹찹하고… 궁데이는 뜨겁고.

상수   (소금 자루를 들고) … 더 부어드려요? 죽을 만큼 부어드렸
         는데.

이씨   와… 직인다꼬… 내 안 하드나.

상수   (힘없이) 형은요?

이씨   …

상수   (거듭 힘없이) 형이요.

이씨	…
상수	… 어디 있어요?
이씨	…
상수	… 왜 그랬어요?
이씨	…
상수	엄마는요. 어디 있는데요?
이씨	와… 땅속으로 파 묻으으까 봐서… 심심할 띠게 함 파보든가. 으뎃기는… 으덴가 있겠지. 하늘로 솟았실까? (흘흘 웃는다)
상수	왜… 다… 못 살게 만들어요?
이씨	… 누가 내때민에 몬 산다드나? 누굴꼬 그기?
상수	… 누굴까요?
이씨	저 인간들이 와… 우글우글 몰리드는지… 니 아나? 그기… 본전 생각 때민이다이. 아예 잃을 기 읎는 놈들은 이런 데 안 기어든다꼬. 잃을 기 있는 놈들이 그 본전 갖고 뎀비는 거다이. 남의 주머니에 든 거 빼묵는 재미가 을매나 직이는지… 니 아나? 니야 뭐… 안주 니 몸뚱아리 하나밖이 더 있나? 그기 니 본전 아인가배.
상수	(들리지 않게 이기죽거린다) 형은요… 엄마는요… 씨발. 다 개나 줘버렸어요?
이씨	시커먼 밤에… 모기를 세 마리 직이서 바닥에 내려놨어. 아침에 일나보니 한 개도 읎네. 이기 먼 일이꼬. 여름 내내 그라는기라. 모기시키 똑 직이서 놔 놓으면… 또 읎어. 내

가 똑 시체도둑놈의 시키를 잡고 말리라 켔지. 자는 측 하
믄서 한 눈을 안 깜고 기다렸네. (클클 웃는다) 시끄믄 개미
시키들이… 축 늘어진 모기시키의 팔 다리 대가리 몸뚱아
리를 똑똑 띠갖고… 총총 쎄리 날라삐는기라. 짊어지고…
울러메고… 마 눈물겹구로.

상수　　… 당신이 나를 잘못 만났을까요. 내가 당신을 잘못 만났
을까요? 허구헌날 이리 부딪고 저리 부딪고… 이제는 다
쪼개져버릴라구. 씨발.

이씨　　…

상수　　형은요?

이씨　　…

상수　　나는요?

이씨　　…

상수　　형은요?… 엄마는요? 우리 본전은… 당신이 당신 맘대
로… 주머니에 넣고… 안 돌려주잖아요. 틀어쥐고… 쥐어
짜고… 씨발. 숨도 못 쉬게… 우리 본전은요? 어딨어요?

진눈깨비가 와 닿는다.
이씨 얼굴에 내려앉는다.

이씨　　(꿈쩍 놀란다) 아이고 놀래라이. 이기 뭐꼬.

상수　　(얼굴을 바짝 대며 들리지 않게) 누굴까… 과연 무엇이 될까.

스스로도 창피한지 흫흫 웃는 이씨.
상수는 욕조 덮개를 반쯤 덮어 놓고
이씨의 낯을 보고 또 본다.
노곤하게 잠이 드는 이씨.
인이 밴 듯 바깥쪽으로 양손을 말아 쥐는 상수.

상수   (양손을 보며) 손 꼬라지가 왜 이럴까요? 꽉 잡아야 한다면
서… 한 번에 잘… 상대편 개와 동시에 놓아야 한다면
서… 안 그러면 물려 죽는다면서 … 안 물려 죽으려고 너
무 꽉 쥐고 있어서… 온 몸으로 기억하느라… 공포를 털
어내느라 그래… 다시는 안 물려 죽으려고… 개새끼한
테… 절대 물리지 않으려고… (귀에 대고) 손에 쥔 거 다 놓
으세요… 모두 제자리로 돌아가야죠.

상수는 뒤돌아보지도 않고 빠져 나간다.
축 늘어진 이씨를 발견하는 박씨.

박씨   야가 와 이라노.

이씨   …

사방팔방을 돌아보지만 더 이상 보일 게 없는 박씨.

박씨   (이씨 입에 담배를 물리며) … 고마해라 고마해라… 속으로 골

만 번은 더 했다 아이가… 니가 오해했는지는 모리지만…
움쩔거리는 내 입을 몬 봐서 그라는 갑다했제… 끈기도
음꼬… 베알도 음따꼬… 니가 맨날 내를 갖고 씨부맀제…
인쟈 보이… 끈기도 있꼬… 베알도 있나… 내가 니한테
한 번은 보이 줄라꼬… 니 말마따나… 성의있구로 살아볼
라꼬… 니 읍는 세상에서… (이씨의 머리를 쓰다듬으면서) …
죽은 개새끼 틸은 뻣뻣하다캤나… 니가 갈키줬다 아이
가… 어데도 씨잘디기 읍는 거라… 시작은 쪼다 같은 놈
이 했고 매듭은 베알 음다꼬… 바가지로 욕먹든 놈이 했
다… 고마해라 고마해라꼬… 골백번 더 할 띠게… 마…
멈촸어야지… 안 글나… 내도 얼라 낳아갖고 사람답구
로… 따땃하구로… 살고 싶다 안하드나… 개구신을 고래
직이쌓디만… 마지막에 이릏게… 꼬라지… 값하고 자빠
짔다 아이가…

박씨는 수첩을 찾아 불을 붙인다.
빚이 적힌 수첩이 사라지고 있다.
욕조 덮개를 이씨의 머리끝까지 덮는 박씨.

박씨 (자신의 미래만 오롯이 보이는 듯) 니는 끝나는가 몰라도… 내
는 인쟈 출발할라는 갑다. 니 보란 듯이… 요래 새 출발하
는 긴갑네. 우짜든동… 고맙대이. (투견장을 보면서) 요 판은
내가 이사받아갖고. 크게 함 키와볼라고.

95

언덕 위에서 황태를 널던 칼멘.

이 모든 것을 보고 있다.

부주의하게도 그들이 알지 못했을 뿐.

여기 어느 누구도 이씨의 끝에 눈길을 주지 않는다.

8. 파장(波長)과 파장(罷場)

(공간은 다르고 시간은 같은)

1

언덕 위에는
여전히 사내의 끝은 보란 듯이 걸려있고

칼멘은 꽃씨를 뿌리듯이 소금을 뿌리고 있다.

2

이씨가 잠긴 고무욕조 근처를 뒤지는 '매난국'
이씨의 끝 따위에는 아랑곳없이

3

땅을 파헤치던 박씨가 칼멘을 발견하고 다가간다.

4

검은 트럭 안.
인이 밴 듯 바깥쪽으로 양손을 말아 쥐는 상수.

상수 (보이지 않지만 애절하게) 형이 그랬잖아… 형의 눈빛이 그랬다고… 암묵적 동의라고 한다면서? 말하지 않아도… 알수 있는 거라면서… 담벼락에 세워 둔 덤프트럭 기억나? 그날 형이 그랬잖아… 내 귀에 바짝 대고… 당장 저 새끼 죽으라고 빌까? 형… 우리가 빌면 죽어? … 죽으라고 빌면… 죽어…

남자가 시동을 걸자 차가 움직이려다 멈춘다.
차에서 이상한 소리가 난다.

1

칼멘의 손을 거칠게 끌고 언덕을 내려가는 박씨.
복통이 심한지 주머니에서 잎을 꺼내 씹는 칼멘.

4

검은 트럭 안.

남자 (나직이 혼자 말한다) 씨. 이 상황 대개 상투적이네. 벗어나는게 목적인 새끼들이 항상 이러지. 내려 봐. 시동 좀 걸자.

상수 (들릴까 말까한 목소리지만 절실하다) 형이 시킨 거지? 형의 뜻이지? 약해 빠져서 떠드는 거라고? 이제 와서 딴 소리 하지 마.

남자 시동은 안 걸리고… 옆에 탄 새끼는 기도인지 독백인지…

도통…

상수   (혼자 말하는 것처럼 보인다) 형… 봐봐 형. 훌륭하다고… 속삭여줘야지. 암묵적 동의라고 한다면서… 눈이 말보다 더 울림이 크댔잖아… 형.

남자   여하튼 참 절묘한 밤이다. 끝났어?

상수   수많은 원자들끼리 부딪히고 깨지고 튕겨져 나가고… 뭐 그 원자요. 쪼개지고 있어요. 이제 내일이 없을지도 몰라요. 아저씨도… 깊은 밤에 나를 만나… 뜬금없겠어요. 불쑥 끼어든 사람들… 상대들은 생각도 없는데… 쑤욱 지나가며 흐트러뜨린대요. 생각 없이 움직이는 사물들을 조심하랬거든요. 파장난다고…

시동을 거는 남자, 차가 움직이기 직전
차 앞쪽에서 검은 연기가 새어나온다.

1

슬그머니 눈이 오고 있다.

이씨가 담긴 고무 다라이를 앞뒤에서
박씨와 밀고 끌고 오다가 멈춰 서는 칼멘.

도망가는 칼멘을 쳐다만 보는 박씨는
이씨가 담긴 다라이를 끌고 나간다.

4

연기 나는 차 앞 뚜껑을 열어 살피는 남자.

살펴도 무엇이 문제인지 알 수조차 없다.

상수 　　… 번호판은요?

남자 　　번호판이 왜… 주인이 누군지 모르고… 잠시 빌린 거거든.

상수 　　주인이 누군지 모르니… 차가 망가지면… 누구한테 말해요?

남자 　　그러게… 누구한테 말하지?

상수 　　아저씨는… 개를 싣지도 않고… 오늘 누굴 만나러 온 거예요?

남자 　　(놀란 걸 숨긴다) 누군가는 없어… 정확하게 말하자면… 확인하러 왔지… 내가 그 친구한테… 마지막 공간과 시간을 제공한 건 아닌가? … (말을 돌린다) 아무도 몰라… 누군가의 끝은 아무도 몰라 봐.

상수 　　아저씨는… 주인이 누군지도 모르는 차를 빌려… 싸울 개들을 데리고 오는 사람인데… 오늘은 싸울 개들도 없이 여기에 온 거군요.

남자 　　난 본전도 걸지 않을 사람이지. 본전을 걸고 그걸 찾기 위해 뱅뱅 도는 사람들과는 달라.

상수 　　본전… 어디서 아주 많이 듣던 말인데…

1

'매난국'이 자루를 하나씩 열어 냄새도 맡고 맛을 본다.

매   (고개를 젖힌다) 나만 봤나?

난   뭘?

매   앙까이… 지하실에서 안 나오던 큰놈이… 유일하게 문을
      열어준 사람이 저 앙까이였지.

국   기미가 왔구나.

매   그래 알렐루야. 앙까이 몸을 싹 뒤집어보자.

국   내기할까. 앙까이 배꼽을 중심으로 아래에 있다 50.

난   앙까이 배꼽을 중심으로 위에 있다 100.

매   (칼멘을 발견한다) 알렐루야. 물건이 다가오고 있다.

      복통이 심해지는 칼멘, 주머니에서 잎을 하나 꺼내
      씹으면서 앞쪽 투견장으로 들어온다.
      피껕질을 반복하자 입에서 피가 나온다.

난   입에서 피가 나네.

매   내가 저 앙까이를 분명히 봤댔지? 본 게 아니고… 볼 거였
      네. 도둑년.

난   세상에서 젤 무서운 게 입 다문 것들이라니까… 그러시구
      나. 이렇게 흔적을 남기시는구나.

국   (부푼 배를 몸짓하며) 예의를 끝까지… 지키고자 했으나…

매   미리 본 거였네. 저 앙까이… 도둑년을.

국   본의 아니게… 우리의 본전으로 남은 건 저 앙까이 뿐이
      란 말인가.

매	어리버리 박씨야. 우리가 단체로 헛꿈 한 번 미리 당겨서 꿔본다. 어찌하다 보니… 이리 되네.
난	여기 입들은 닫고… 앙 다문 저년 입이나 열어 제치자고.

달려들어 칼멘의 주머니를 뒤지는 매, 따라 뒤지는 난과 국.
칼멘, 졸지에 세 마리의 수캐에 둘러싸인 암캐가 되고 만다.

잠시 후,

칼멘 몸을 뒤지는데 치마주머니에서 극약주머니가 나온다.
봉변을 당한 차림의 칼멘은 거의 이성을 잃은 모습이다.

매	(주머니를 번쩍 들고) 분명히 배꼽 아래에서 나왔다… 너 50.
국	넌?
매	난 안 걸었잖아. (주머니를 열면서) 일단 가벼운데…
국	잠깐… 예의는 있어야지… 공동의 것이니까… 일단 동시에 맛을 보자.
난	경찰들이 찾는 건… 덩어리라고 하지 않았어?
국	어딘가 더 있겠지… 큰놈이 저 앙까이한테 맡긴 건 분명하고.
난	미리 불안을 당겨쓰지는 말자야. 저 앙까이는 우리가 계속 돌보면 되니까…

손바닥위에 하얀 극약가루를 나눠가지는 '매난국'.

국   이런 날이 오긴 오네. 어떠냐? 머리 위에 꽃비가 쏟아져
내리냐?

'매'가 칼멘의 손에도 나눠주려 하자 손을 뒤로 숨기는 칼멘.

마약인 줄 알고 극약가루를 핥아먹는 '매난국'.

4

검은 트럭 안.

상수   ··· 이 차는 번호판이 없어서 그런가··· 꼼짝을 못하네요.
남자   ··· 어떻게 나가지?

문득 인이 밴 듯 바깥쪽으로 양손을 말아 쥐는 자신과 마주보는
상수.
트럭에 시동을 걸어도 꼼짝없이 멈춘 저승사자들처럼.

3

박씨는 땅을 파헤치다가 주저앉아
삽을 들고 있는 손을 돌려 본다.
신고 있던 신발과 양말을 벗어

103

맨발을 훑어보고 다시 신는다.
땅을 열심히 파던 박씨는 지뢰와 같이
꼼짝할 수 없는 자기 자신을 발견한 듯
그 자리에 그림처럼 멈춘다.

1

어둠이 머리 위에 한가득이다.
온 땅에 꽃씨를 뿌리듯이 소금을 뿌리고 다니는 칼멘.

칼멘   턱자구니 욶이 목심걸어야 싸는 운맹이다문서… 모다 악지가리를 닫았나… 어머이… 성… 동상 보입껴? 어째… 쫌… 부럽시꺄? 하눌 참 구친 날이요. 아무데니 궁데짜이 안 벗는 노궁년이보다는 안까이… 동작꾸이로 흡족했시오… 이 에무나이… 성도 잃고… 어머이도 놓고… 반대핀이 와 쌀고 있는 이 에무나이 낯짝 어떠시까? 비열이… 싸래기눈이 암 소용 읍시다… 복이 아이고… 똥이요… 똥이 아이고… 사태낳시오… 이 에무나이 가심속으루다 얼얼한 산마루이 쏟아져 들어왔시오… 싸람인지 강생인지 뒤엉켜서 내 얼을 쏙 다 빼갔시오… 막띠이 보입껴? 깨까막질 하는 불상한 막뛰이 안 보입꺄? (가만히 눈 오는 하늘을 보다가 쿡 웃음이 터진다) 거접소리 같데만… 오널딸아 싸래기 눈갈루때민에 엔지룹소… 에무나이 하이간… 멀쩡구이겉이… 먼눈 팔다

104

가설랑… 지뢰 밟은 거치럼 세미 열렀시오.

멀리서 트럭에 실린 개들이 다가오고 있다.
이미 없는 사람들이 투견들에 포위당한 새벽.

칼멘의 머리 위에 눈이 내리고 있다.
투견판에서 나오던 창강, 칼멘을 보고 흠칫 멈춘다.

칼멘   … 싸람이 싸람을 수렁에 옇던 밤이 지났으니끼… (창강에
게) 이쟈 어데로 또 흘러가야 됨까?

내리는 눈도 땅위로 뿌리는 소금도 끝이 없을 새벽.

저 언덕 위, 세상의 아침과 더불어 형이 돌아오고 있다.

끝.

한국 희곡 명작선 112

농담

초판 1쇄 인쇄일   2022년 11월 1일
초판 1쇄 발행일   2022년 11월 7일

지 은 이   정영욱
만 든 이   이정옥
만 든 곳   평민사
　　　　　서울시 은평구 수색로 340 〈202호〉
　　　　　전화 : 02) 375-8571 / 팩스 : 02) 375-8573
　　　　　http://blog.naver.com/pyung1976
　　　　　이메일 pyung1976@naver.com
등록번호   25100-2015-000102호
ISBN   978-89-7115-052-8 04800
　　　　　978-89-7115-663-6 (set)
정 　 가   9,000원

이 책은 사단법인 한국극작가협회가 한국문화예술위원회의 2022년 제5회 극작엑스포
지원금을 받아 출간하였습니다.